Verrat vor der Korsarenküste

Ein Henry du Valle Roman

Mirco Graetz

Commander Henry du Valle, ein britischer Marineoffizier von der Kanalinsel Guernsey, wird mit Depeschen für Sir Horatio Nelson ins Mittelmeer entsandt. Dort sammelt sich eine gewaltige französische Flotte aus Kriegs- und Handelsschiffen, deren Absichten Konteradmiral Nelson erkunden soll. Henry du Valle mit seiner Sloop *Mermaid* hat den Auftrag, ihn dabei zu unterstützen, doch zunächst muss er herausfinden, welche Politik die Barbareskenstaaten an der Küste Nordafrikas verfolgen. Dieser Auftrag erweist sich als unerwartet schwierig, denn es gibt einen Verräter an Bord der *Mermaid*.

Die Henry du Valle Romane:

Band 1   Korsaren und Spione

Band 2   Korsaren in der Ostsee

Band 3   Verrat vor der Korsarenküste

Mirco Graetz

Verrat vor der Korsarenküste

Ein Henry du Valle Roman

Bibliografische Information der Deutschen Nationalbibliothek:
Die Deutsche Nationalbibliothek verzeichnet diese Publikation in der Deutschen Nationalbibliografie; detaillierte bibliografische Daten sind im Internet über http://dnb.dnb.de abrufbar.

Lektorat: Ulli Hainsch

Herstellung und Verlag: BoD – Books on Demand, Norderstedt

ISBN: 9783756885824

Prolog

«Ein Konvoi von 35 Handelsschiffen aus Chatham kommend, ist unter dem Schutz der *HMS Beaulieu* ohne Verluste an Schiffen und Ladung am 23. Februar im Jahre des Herrn 1798 in Gibraltar eingetroffen. Ein Versuch französischer Korsaren noch im Ärmelkanal, die Brigg[1] *Humber Ghost* zu kapern, konnte erfolgreich und ohne eigene Verluste verhindert werden.»

Das war zu erwarten: Die Navy hatte wieder mal gesiegt, und da es keine toten britischen Seeleute zu beklagen gab – und sehr viele schon gar nicht – musste man sich wundern, dass diese Episode es überhaupt in die Gazette geschafft hatte – wenn auch nur auf Seite 5 – und ohne das zweite Royal-Navy-Schiff überhaupt zu erwähnen, welches an der Abwehr der Franzosen beteiligt war. Henry du Valle legte resignierend die Zeitung beiseite. Sogleich wurde er von einem der mitreisenden Herren, einem eitlen Geck in einer peinlich bunten und vermutlich dem angeblichen aktuellen Modetrend in Paris nachempfundenen Anzug, in der engen Kutsche auf dem Weg von Portsmouth nach London angesprochen: «Sir, ob ich mir wohl Ihre Zeitung ausleihen dürfte?» Henry nickte nur, und der aufdringliche Bittsteller griff gierig nach der Ausgabe der Navy Gazette. Die Tatsache, dass es sich hierbei nicht um die aktuellste Nummer handelte, störte den Herrn offenbar gar nicht. Henry hatte sie in einem der vielen Briefe gefunden, die ihm nach seiner Ankunft in Portsmouth vom dortigen Hafenkommandanten übergeben worden waren. Henrys Bruder Louis hatte sie ihm geschickt und

---

[1] Segelschiff mit zwei Masten

dazu angemerkt, dass er denke, dass das für Henry recht interessant sein könnte – aber er solle sich nicht so sehr aufregen. Jetzt wusste Henry, warum Louis das geschrieben hatte.

Bedauerlicherweise las der Mitreisende die Zeitung dann nicht leise, sondern meinte, jeden Artikel lautstark kommentieren zu müssen. «Ja, dieser Nelson, das ist schon ein Teufelskerl, ha ha! Der steckt die Franzosen noch alle locker in die Tasche! – Oh, hier, noch ein ausführlicher Bericht über Kamperduin[2]. Da haben wir es den Käseköppen und ihren froschfressenden Freunden aber so richtig gezeigt! Admiral Duncan hat Irland gerettet! Ja ja, die Navy muss erst mal jemand schlagen! Und das hier ist ja auch sensationell: Wir haben die Kapkolonie erobert! Admiral Elphinstone[3] hat das gesamte feindliche Geschwader in der Saldhana-Bucht gestellt und hat sie ohne Gegenwehr genommen, ha ha!» Laut raschelnd blätterte er weiter und murmelte dann nur: «Ach ja, ein Handelskonvoi ist eingetroffen und hat unterwegs ein paar lästige Korsaren abgeschüttelt – na das ist ja wohl das mindeste, was man von der Royal Navy verlangen kann!"

Er schaute beifallheischend den ihm gegenübersitzenden Henry du Valle an und bemerkte erst jetzt, dass dieser die Uniform eines Commanders[4] der Royal Navy trug. Daraufhin strahlte er über das ganze Gesicht und rief laut:

---

[2] Am 11. Oktober 1797 schlug die Royal Navy unter Admiral Duncan die Flotte der mit Frankreich verbündeten Batavischen Republik vernichtend.
[3] Später Viscount Keith
[4] Offiziersrang für Kommandanten einer Sloop

«Aber da sitzt ja einer unserer Helden auf See! Sie können uns doch sicher viele spannende Geschichten erzählen, Sir?» Henry schaute ihn mit finsterer Miene an. Ihm gingen so viele Gedanken durch den Kopf, und am liebsten hätte er diesem eitlen Gecken gehörig die Meinung gesagt., aber er schluckte allen Zorn hinunter und meinte nur: «Sir, verzeihen Sie, aber ich bin schrecklich müde; ich wäre Ihnen sehr verbunden, wenn Sie mich bis London einfach schlafen lassen würden.» Sein Gegenüber öffnete schon den Mund, um irgendwas aus seiner Sicht Geistreiches zu sagen, blickte aber in die Augen von Henry und erkannte, dass er wohl besser der Bitte Folge leistete. «Oh ja, Sir, natürlich… verzeihen Sie…» stammelte er und machte sich dann ängstlich so klein wie möglich.

Henry schloss die Augen, und seine Gedanken kehrten zu seinem ersten Einsatz mit seinem neuen Schiff zurück…

1

Die Sonne blendete Commander Henry du Valle, als er das Hüttendeck betrat. Vor wenigen Augenblicken hatte er sich noch in seiner verdunkelten Schlafkabine angezogen. Jetzt wollte er seinen Morgenspaziergang auf der Luvseite[5] des Hüttendecks absolvieren.

«Sir, die *Beaulieu* signalisiert», meldete der Midshipman[6] der Wache in diesem Moment aufgeregt. Henry du Valle lächelte. Dann fragte er: «Können Sie uns denn auch verraten, was die *Beaulieu* signalisiert, Mr. Nutton?» Mr. Nutton zögerte kurz, wurde puterrot und meldete dann: «*Mermaid* den Nachzügler antreiben.» «Sehr gut, Mr. Nutton», lobte Henry. Dann wandte er sich an den Master[7], der momentan die Wache hatte: «Machen Sie weiter, Mr. Ellis.» «Aye Sir», antwortete der Master, dem es sichtlich peinlich war, den Nachzügler übersehen zu haben. Aber so war das nun mal beim Konvoidienst. Es gab immer mindestens einen Nachzügler, der angetrieben werden musste, und das zumeist mit mäßigem Erfolg. Da wurden Flaggensignale falsch verstanden – ob absichtlich oder aus Schlampigkeit war im Prinzip egal – da wurden Segelmanöver langsam und manchmal fast schon katastrophal ausgeführt, und wenn irgendwas schiefging, waren natürlich immer die schützenden Kriegsschiffe der Royal Navy schuld. Die «Schuldigen» waren in diesem Fall der 40er *HMS Beaulieu*

---

[5] Die dem Wind zugewandte Seite des Schiffs
[6] Offiziersanwärter mit mindestens drei Dienstjahren in der Royal Navy
[7] Für die Führung und Navigation eines Schiffes verantwortlicher Decksoffizier.

und eben Henrys neues Kommando, das in seinen Augen schönste Schiff der Welt, seiner Majestät Sloop[8] *Mermaid*.

Henry du Valle hatte das Schiff auf der Königlichen Werft in Chatham übernommen, und da sich zufällig zur selben Zeit ein Handelskonvoi von London nach Gibraltar auf den Weg machte, bekam er die Order, diesen zur Unterstützung der *HMS Beaulieu* bis Portsmouth zu begleiten, wo er sich dann bei Admiral Sir Peter Parker melden sollte. Die Straße von Dover war ein schwieriger und durchaus nicht ungefährlicher Abschnitt, so dass der Kommandant der *HMS Beaulieu* erfreut war, für die Passage durch den Ärmelkanal ein zusätzliches Kriegsschiff zur Verfügung zu haben. Bis jetzt war die Reise glücklicherweise relativ ereignislos verlaufen, sah man einmal von den üblichen Problemen wie ein paar kleineren und zum Glück nur einige Spieren brechenden «Rempeleien» zwischen den Frachtseglern ab.

Während der Master die nötigen Befehle zum Kurswechsel gab, begann Henry mit seinem Spaziergang - zwölf Schritte vor und dann zwölf Schritte wieder zurück. Er hatte sich dieses morgendliche Ritual schon auf seinem vorherigen Schiff, der Kanonenbrigg *Clinker*, angewöhnt und mochte nicht mehr darauf verzichten. Die *Mermaid* vollzog eine Halse und nahm Kurs auf den Nachzügler, eine Brigg aus Hull, die Walöl für Gibraltar geladen hatte. Während sich die *Mermaid* der Brigg näherte, meldete der Ausguck auf dem Fockmast: «An Deck, ich glaube, auf der Brigg geht

---

[8] In der Regel zwei- oder dreimastiges Kriegsschiff mit weniger als zwanzig etatmäßigen Kanonen unter dem Befehl eines Commanders

nicht alles mit rechten Dingen zu!» Der Master antwortete leicht genervt: «Geht das auch etwas genauer?» «Es wird an Deck gekämpft!»

Bereits bei der ersten Meldung des Ausgucks hatte sich Henry du Valle nach vorn begeben. Rasch enterte er zur Brahmsaling auf und war froh, dass er unter den kritischen Augen seiner Besatzung keine schlechte Figur abgab. Als Henry oben ankam, war er trotzdem außer Atem und es fiel ihm zunächst schwer, die Brigg mit seinem Fernrohr anzuvisieren. Erst, als er das Fernrohr auf der Schulter des Ausgucks abstützte, bekam er ein ruhiges Bild. Tatsächlich befanden sich auf dem Achterdeck der Brigg, ihr Name war *Humber Ghost*, wie Henry jetzt einfiel, mehrere bewaffnete Männer. Fand dort eine Meuterei statt, oder was war das Problem? Hätte sich ein anderes Schiff in der Nähe befunden, wäre er sofort von einem Enterversuch durch französische Korsaren ausgegangen. Wie auch immer, dieses Rätsel musste gelöst werden.

Henry du Valle enterte ab. Auf dem Weg zum Achterdeck rief er: «Mr. Potter zu mir!» Der Geschützmeister der *Mermaid*, ein schon älterer Mann mit einem gewaltigen grauen Vollbart, kam in seinen Filzpantoffeln, die für die Arbeit in der Pulverkammer Vorschrift waren, angeschlurft. Er grüßte und fragte dann: «Sir?» «Mr. Potter, sehen Sie die Brigg vor uns? Dort ist nicht alles geheuer an Deck. Bitte besetzten Sie die Jagdgeschütze und melden Sie mir Feuerbereitschaft», befahl Henry. Er musste nicht lange warten, da die Kanonen auf See immer geladen waren. Vorsichtig umrundete die *Mermaid* die *Humber Ghost*. Und nun wusste Henry, warum auf der Brigg gekämpft wurde: Auf der abgewandten Seite der Brigg hatten zwei skiffähnliche[9] Ruderboote mit jeweils vier Ruderbänken festgemacht.

Henry du Valle kannte diese schnellen Boote von Schmugglern, die damit den Kanal in rascher Fahrt überquerten. Da sie auch gegen den Wind gerudert werden konnten, hatten gegen sie nicht einmal die schnellen Zollkutter eine Chance. Riskant wurde es für die Schmuggler nur bei hohem Wellengang, denn dafür waren die Boote nicht geeignet. Dass diese Boote auch von Freibeutern benutzt wurden, war Henry neu, obwohl er sich erinnerte, dass sein Großvater von Korsaren[10] aus Le Havre erzählt hatte, die im Siebenjährigen Krieg mit Ruderbooten auf Beutefang gegangen waren.

Blitzschnell überdachte Henry die Situation: Hier war einer seiner Schützlinge offensichtlich in feindliche Hände geraten. Diese Burschen hatten sich nicht ungeschickt im richtigen Moment und blitzschnell auf der den Rest des Geschwaders abdeckenden Seite des Schiffes genähert und einen Überraschungsangriff ausgeführt. Die Brigg unter Feuer zu nehmen verbot sich jetzt von selbst – zum einen war das Schiff nicht der Feind, zum anderen war Aufgabe des Konvoidienstes, alle Schiffe unbeschadet ans Ziel zu bringen. Blieb also nur ein schneller Bootsangriff, auch wenn die Korsaren dies sicher kommen sahen.

«Meine Gig und die Barkasse bemannen!» kam lautstark sein Befehl, und hektische Betriebsamkeit herrschte an

---

[9] Hier ein schmales Ruderboot, in dem die Ruderer jeweils zwei Riemen bedienen
[10] Hier die Eigenbezeichnung französischer Freibeuter

Deck. Blitzschnell waren die Boote im Wasser und die dazugehörigen Männer an den Riemen, und in wilder Fahrt steuerten sie hinüber zur Brigg. Henry ließ es sich nicht nehmen, in seiner Kommandantengig - und, wie immer bei solchen Aktionen, in Begleitung seines Bootssteuerers, Charlie Starr - selbst das Kommando zu führen. Als Entermannschaft hatte er neben der Besatzung der Gig fünf Marineinfanteristen dabei. Der Buggast machte die Gig neben den beiden Korsarenbooten fest. Henry wollte die Brigg an der Spitze seiner Männer entern, doch ein Korsar richtete vom Deck der Brigg aus eine Pistole auf ihn. Noch ehe Henry reagieren konnte, feuerte Charlie Starr seine Pistole ab und der Korsar verschwand. Zwei weitere Korsaren versuchten, auf die Besatzung der Gig zu feuern, aber sie wurden vom Pistolenfeuer aus der Barkasse niedergestreckt, die von Midshipman Walters befehligt wurde. Henry du Valle schwang sich an Deck und sah sich sieben weiten Korsaren gegenüber. Seine Männer drängten rasch nach und bildeten mit ihm eine Kampflinie. Vom Bug strömten die Männer aus der Barkasse nun ebenfalls an Deck. Nach wenigen Säbelhieben warfen die Korsaren ihre Waffen weg und ergaben sich. Während die Korsaren von einem Teil der Entermannschaft gefesselt wurden, sah sich Henry nach der Besatzung der *Humber Ghost* um. Er fand die acht Männer an Händen und Füßen zusammengebunden im Quartier des Masters. Erleichtert nahm er zur Kenntnis, dass niemand ernsthaft zu Schaden gekommen war, sah man von ein paar kleineren Blessuren ab. Bei einem Überfall von Barbareskenpiraten[11] würde er jetzt wohl vor einem Leichenberg stehen.

---

[11] Die Piraten der nordafrikanischen Küstengebiete

Der Master[12] der *Humber Ghost* freute sich sehr über die rasche Rettung, denn so war sein Schiff keine Prise und verblieb Eigentum seiner Besitzer. Während sich Henry berichten ließ, wie der Angriff der Korsaren verlaufen war, hörte er an Deck laute Rufe. Sofort kehrte er an Deck zurück. Drei der Korsaren hatten ihre Bewacher niedergeschlagen, bevor man sie fesseln konnte und waren in ein Skiff gesprungen, mit dem sie sich nun in hoher Geschwindigkeit entfernten. Anerkennend registrierte Henry, dass es sich um ausgezeichnete Ruderer handelte. Gleichwohl durfte man sie nicht entkommen lassen.

Auf der *Mermaid* hatte man die Flucht bemerkt und der Master ließ auf ein Zeichen von Henry die Verfolgung aufnehmen. Trotz günstiger Windverhältnisse wuchs der Vorsprung der Korsaren zusehends an. Das Backbordjagdgeschütz der *Mermaid* feuerte. Henry sah die Kugel vor dem Skiff einschlagen. Auf der *Mermaid* wurde fieberhaft nachgeladen. Der nächste Schuss war ein Treffer. Vom Skiff blieb keine Spur. Trotzdem wurde ein Kutter ausgesetzt, um nach Überlebenden zu suchen.

Schließlich ließ Henry du Valle sich und die Gefangenen auf die *Mermaid* übersetzen. Die Korsaren wurden in der Brig, der Arrestzelle der *Mermaid*, untergebracht. Die *Humber Ghost* setzte alle verfügbaren Segel, um zum Konvoi aufschließen zu können, während die *Mermaid* noch auf die Rückkehr des Kutters wartete. Henry nutzte die Zeit, um in seiner Kajüte schon mal einen kurzen Bericht für den Konvoikommandanten auf der *Beaulieu* zu verfassen. Es

---

[12] Bei Handelsschiffen war der Master Kommandant des Schiffes

war sein erster Gefechtsbericht als Kommandant der Sloop *Mermaid,* obwohl man die kurze Episode kaum als Gefecht bezeichnen konnte. Was ihn freute, war die Tatsache, dass er keinen einzigen Mann bei dem Manöver verloren hatte, und außer zwei kleinen Wunden waren seine Männer auch ohne Verletzungen geblieben. Sein Schiffsarzt, Dr. Harris, kommentierte das grinsend: «Tja, das wird dann wohl nichts mit einer Titelseite der Navy Gazette.» Aber Henry war glücklich – seine *Mermaid* hatte ihre erste, ganz kleine Feuerprobe bestanden.

In seiner Kajüte mit einem Glas Wein sitzend, erinnerte er sich, wie er das Schiff, das er jetzt kommandierte, vor einigen Wochen selbst erobert hatte.[13] Es hätte ihn fast das Leben gekostet. Nach dem Gefecht musste er das Kommando über seine geliebte *Clinker* abgeben. Zunächst hatte er befürchtet, nun an Land gestrandet zu sein, wie viele andere Leutnants der Royal Navy, die selbst in Kriegszeiten keine Anstellung fanden. Der Schmerz der Enttäuschung wurde nur durch die Ankunft seiner zukünftigen Braut Annika gelindert, die nach dem Tod des Vaters mit ihrer Mutter nach Kent, in deren alte Heimat übersiedelt war. Doch Vizeadmiral Lutwidge, in dessen Haus er sich als Gast von den Folgen seiner Verwundungen erholte, hatte eine Überraschung für ihn parat. Als er seine Flagge als Oberbefehlshaber des Nore-Geschwaders niederholte, nutzte er sein Privileg, zum Abschied einen Captain, einen Commander und einen Leutnant ernennen zu dürfen, indem er Henry du Valle zum Commander beförderte und ihm das Kommando über die schmucke *Mermaid* übertrug. Die *Mermaid* war eine Schiffs-Sloop und wirkte wie eine

---

[13] Siehe: Korsaren in der Ostsee

kleine Fregatte[14]. Ihre sechzehn Kanonen waren durch Zweiunddreißigpfünder-Karronaden[15] ersetzt worden. Außerdem erhielt sie noch zwei Sechspfünder als Jagdkanonen. Damit wies sie eine ganz erstaunliche Feuerkraft auf, die sich auch mit den meisten Fregatten messen konnte. Und noch eine Überraschung gab es für Henry: Sein Freund, Joseph Townsend, der inzwischen seine Leutnantsprüfung erfolgreich abgelegt hatte, wurde zum Leutnant befördert und auf die *Mermaid* versetzt.

Henry du Valle löste sich von den Erinnerungen und hörte, wie der Kutter an der *Mermaid* festmachte. Dann vernahm er Schritte und Mr. Riker trat ein. Der Kadett[16] hatte den Kutter befehligt und wollte nun Meldung machen. «Sir, wir haben das gesamte Gebiet abgesucht. Es gab keine Überlebenden.»

---

[14]Dreimastige Kriegsschiffe mit zwanzig bis fünfzig Kanonen

[15] Leichte Geschütze mit großen Kalibern, hoher Feuerkraft, aber geringerer Reichweite

[16] Offiziersanwärter

2

Henry du Valle hatte nur die besten Erinnerungen an die Residenz des Oberbefehlshabers der Royal Navy in Portsmouth. Hier war seine Ernennung zum Leutnant bestätigt worden und hier hatte er von Admiral Sir Peter Parker sein erstes Kommando erhalten[17]. Beim Gedanken an den Admiral musste Henry schmunzeln. Er wirkte wie ein gütiger Großvater und ihm gegenüber hatte er sich auch so verhalten. Nach Henrys Meinung lag es daran, dass sein Vater als Leutnant auf seinem Flaggschiff *HMS Bristol* gedient hatte. Sir Peter Parker war bekannt dafür, sich um seine Offiziere zu kümmern und mittlerweile galt das wohl auch für deren Söhne. Henry beurteilte sich selbst viel zu kritisch, als dass er auf die Idee gekommen wäre, die Unterstützung des Admirals auf seine eigenen Leistungen zurückzuführen. Er hatte von Kindesbeinen an den Beruf des Seemanns erlernt – erst auf den Schiffen seiner Familie und später in der Royal Navy. Das dabei erworbene Können betrachtete er als normal. Entsprechend hoch waren seine Ansprüche an sich selbst und an seine Untergebenen.

Die beiden Marineinfanteristen am Eingang zur Residenz des Admirals grüßten zackig, als Henry du Valle in seiner Uniform eines Commanders an ihnen vorbeiging. Er wurde von einem schon betagten Diener in den Warteraum der höheren Offiziere geleitet. Als er den Wartebereich der Leutnants passierte, spürte er ihre neiderfüllten Blicke. Viele von ihnen waren schon deutlich älter als er und fanden es daher per se als größte Ungerechtigkeit auf der Welt, dass so ein junger Kerl schon den ersten

---

[17] Siehe: Korsaren und Spione

«Schwabben», wie die Epauletten gern genannt wurden, auf der Schulter trug.

Im nächsten Warteraum war Henry dann ganz allein, wenn auch nicht lange. Schon hieß es: «Commander du Valle, der Admiral erwartet Sie.» Ein Sekretär geleitete ihn zur Tür und öffnete sie. Er bedeutete Henry, kurz zu warten, und trat selbst ein. «Sir Peter, Commander du Valle für Sie», meldete er. «Herein mit ihm!», rief eine jugendlich anmutende Stimme, in der Henry Sir Peter Parker erkannte.

Das Büro des Admirals hatte sich seit Henrys letzten Besuch nicht verändert. Wie damals saß Sir Peter Parker auf seinem Lieblingsplatz am Kamin. Lächelnd deutete er auf einen zweiten Sessel. «Machen Sie es sich bequem, Commander du Valle.» Henry du Valle hatte sich innerlich eigentlich auf eine militärisch exakte Meldung bei seinem Vorgesetzten eingestellt, doch der gütige alte Mann lächelte die dienstliche Haltung einfach weg. Trotzdem saß Henry aufrecht und nur auf der äußersten Kante der Sitzfläche vor dem Kamin. «Nennen Sie das bequem? Nun setzten Sie sich endlich richtig. Wie soll denn sonst ein gutes Gespräch zustande kommen», brabbelte der Admiral. Henry ergab sich in sein Schicksal und machte es sich bequem. «So ist es doch viel besser», lächelte Sir Peter zufrieden. «Trinken Sie einen Sherry mit mir?» «Sehr gern, Sir», antwortete Henry. Der Admiral zog an einer Kordel und ein livrierter Diener erschien durch eine Seitentür. «Higgins, bring uns Sherry, aber den guten», befahl Sir Peter. Wenig später kehrte Higgins mit einem Tablett zurück, auf dem sich eine große Karaffe und zwei Sherrygläser befanden. Nachdem er eingegossen hatte, zog sich Higgins wieder zurück.

«Seit unserem letzten Treffen ist gut ein Jahr vergangen», begann der Admiral, nachdem sie mit dem Sherry auf den König angestoßen hatten, «Wenn ich mir die Berichte über Sie anschaue, haben Sie die Zeit gut genutzt, junger Mann.» «Ich hatte Glück», antwortete Henry ein wenig verlegen. «Papperlapapp, Glück ist etwas für Taugenichtse und es verbraucht sich schnell. Sie haben kein Glück, Sie haben die richtigen Ideen zur rechten Zeit. Sonst wären Sie niemals aus der Zuidersee zurückgekehrt. Admiral Duncan hat mir geschrieben, dass er einen Teil seines Erfolgs Ihrer guten Aufklärungsarbeit verdankt.» «Lord Duncan ist ein sehr gütiger Mann, Sir…» entgegnete Henry immer verlegener werdend. «Er ist vor allem ein erfahrener Flaggoffizier, der seine Untergebenen sehr genau einzuschätzen weiß», erwiderte Sir Peter, «Mit seinem Urteil über Sie ist er außerdem nicht allein, Admiral Lutwidge teilt seine Meinung und lobt Sie in den höchsten Tönen. Ich bin froh, dass sich mein anfängliches Urteil über Sie so eindrucksvoll bestätigt hat. Bevor Sie mir jedoch zu übermütig werden, möchte ich zum Grund unseres heutigen Treffens kommen.»

Sir Peter Parker ergriff einen Schürhaken und beseitigte einige abgebrannte Holzstücken vom Gitterrost des Kamins. Dann legte er einige Holzscheite nach. Während er die Flamme beobachtete murmelte er: «Seit ich in der Karibik war, vertrage ich unser hiesiges Wetter nicht mehr so recht. Es ist mir einfach zu kalt und ungemütlich. Da lobe ich mir doch einen gut geheizten Kamin.» Schließlich wandte er sich wieder Henry du Valle zu: «Kennen Sie Sir Horatio Nelson, unseren jüngsten Admiral?» «Ich habe von ihm gehört, Sir. Er und mein Vater waren Bordgenossen», antwortete Henry. «Ja, sie waren Bordgenossen», bestätigte Sir Peter. Er lächelte kurz. «Sie waren aber nicht gerade die besten Freunde, denn schon damals hasste Sir Horatio alle Franzosen und Ihr Vater war für ihn ein Franzose.» «Wir sind Normannen, Sir, treue Untertanen der Krone seit Jahrhunderten», meinte Henry du Valle sich und seine Familie sofort verteidigen zu müssen. Sir Peter Parker lachte. «Das hat Ihr Vater damals auch betont und Nelson eine ordentliche Tracht Prügel verabreicht. Der kleine Nelson hatte gegen ihn nicht den Hauch einer Chance. Aber immerhin hat er sich nicht bei mir beschwert. Ich habe damals über Umwege von der Sache erfahren. Als Flaggoffizier ist man immer etwas vom täglichen Leben auf dem Flaggschiff abgeschnitten. Ja, die gute alte *Bristol* war ein schönes Schiff. Während des verdammten Krieges gegen die Kolonien hat sie mir immer gute Dienste geleistet.»

Sir Peter Parker verstummte kurz und hing seiner Erinnerung nach. Dann fuhr er fort: «Sir Horatio wird auf eine Mission ins Mittelmeer entsandt. Er soll die französische Flotte in Toulon beobachten und ihre Pläne vereiteln. Unsere Agenten in Frankreich berichten davon, dass sich neben der Flotte zahlreiche von der französischen Regierung gecharterte Schiffe in Toulon und anderen Häfen versammeln. Truppen werden in die Häfen verlegt. Ganz offensichtlich plant man eine größere Operation. Es wird eine verdammt heikle Aufgabe für den jungen Admiral. Sollten die Franzosen aus Toulon entwischen, was bei ungünstigen Windverhältnissen nicht zu verhindern sein wird, muss er sich von seiner Intuition leiten lassen, denn der

Earl St. Vincent wird ihm nur sehr wenige Fregatten zur Verfügung stellen. Ich frage mich, ob das eine späte Retourkutsche für Nelsons Unbotmäßigkeit in der Schlacht von St. Vincent sein soll oder ob er einfach nur verärgert ist, dass keiner seiner Günstlinge mit der Mission betraut werden soll. Natürlich kann ich nicht in die Belange des Oberbefehlshabers der Mittelmeerflotte hineinpfuschen, aber ich kann ein Schiff unter der Flagge der Admiralität auf eine Erkundungsmission ins Mittelmeer entsenden.»

Der alte Admiral lächelte und seine Augen blitzten. Henry du Valle kam es vor, als wäre Sir Peter plötzlich zehn Jahre jünger. «Wissen Sie eigentlich, dass der Earl St. Vincent ein eifriger Anhänger der Whigs[18] ist? Da ist ihm ein Tory[19] wie Nelson natürlich ein Dorn im Auge», sagte Sir Peter Parker. «Mein Vater sagt immer, Politik sei etwas für Engländer. Wir Männer von Guernsey stehen stets treu zur Krone», antwortete Henry du Valle. Sir Peter Parker lachte. «Ja, so kenne ich Ihren Vater. Der Dienst ging ihm immer über alles. Wie geht es ihm eigentlich?» «Es geht ihm sehr gut, er ist gesund und unsere Kaperschiffe waren in letzter Zeit recht erfolgreich», berichtete Henry. Sir Peter lächelte zufrieden. «Das freut mich zu hören, bitte grüßen Sie Ihn von mir und sagen Sie ihm, dass er gern einmal wieder in Portsmouth vorbeischauen darf.» «Aye Sir, das werde ich ihm ausrichten.» Der Admiral verstummte kurz, als würde er über etwas nachdenken. Dann sagte er: «Wir wissen immer noch viel zu wenig über die Pläne der Franzosen. Angeblich soll General Bonaparte, der zuletzt in Italien viel von sich reden machte, den Oberbefehl bekommen. Wenn

---

[18] Anhänger der Liberalen im englischen Parlament
[19] Anhänger der Konservativen

20

Sie mich fragen, wird sein Erfolg inzwischen selbst seinen Vorgesetzten unheimlich und sie wollen ihn möglichst weit aus Paris weg haben.»

Der Admiral erhob sich aus seinem Sessel und sagte: «Kommen Sie mit rüber zum Schreibtisch, dort habe ich Ihre Befehle.» Während Sir Peter Parker zu seinem Schreibtisch schlurfte, sah Henry, dass er wieder seine unvermeidlichen Pantoffeln trug. Nach kurzer Suche waren Henry du Valles Befehle gefunden. Sir Peter übergab sie an ihn und sagte: «Ihre Aufgabe ist die Erkundung der Barbareskenküste. Stellen Sie fest, welcher Seite man in den Korsarenhäfen[20] zuneigt. Unterrichten Sie zuerst Sir Horatio davon, denn sein Erfolg kann von diesen Informationen abhängen. Außerdem dürfen Sie nach eigenem Gutdünken im Mittelmeer kreuzen. Versuchen Sie aber immer, Informationen über die Pläne der Franzosen zu erhalten.» «Sir, das wird für mich auf jeden Fall Vorrang haben», versprach Henry du Valle. Der Admiral lächelte und sagte: «Das weiß ich und deshalb habe ich Sie für diese Mission ausgesucht.» Henry du Valle grüßte, indem er seinen Zweispitz, den er unter dem Arm getragen hatte, über seinen Kopf hielt. «Ich werde Sie nicht enttäuschen, Sir.» Dann war er entlassen. «Viel Glück Junge», murmelte Sir Peter Parker leise, «Diesmal wirst Du es brauchen.»

---

[20] Neben einigen kleineren Häfen vor allem Algier, Tunis und Tripolis

3

Unter Sturmsegeln erklomm die Sloop *Mermaid* einen gewaltigen Wellenberg, um anschließend in ein tiefes Wellental zu stürzen. Manche dieser Wellentäler waren so tief, dass sich das Schiff für Augenblicke in totaler Windstille befand und jegliche Ruderwirkung verlor. In diesen Momenten hielten die Rudergänger und auch Henry du Valle regelmäßig den Atem an. Würde die Sloop auf Kurs bleiben? Oder würde sie der Sturm auf dem Wellenberg unbarmherzig zur Seite schieben, bis sie ein hilfloses Opfer der Wellen wäre? Das ständige Auf und Ab der Wellen war nicht nur für das Schiff belastend, das in allen Verbänden ächzte, auch viele Besatzungsmitglieder, die nach den ersten Tagen im Kanal die Seekrankheit überwunden glaubten, fielen nun wieder aus.

Immer wieder wurde die *Mermaid* emporgehoben, um anschließend wieder in die Tiefe zu stürzen. Wenn sich die Sloop auf einem Wellenkamm befand, konnte Henry du Valle die umliegende See überblicken. Es war eine schier endlose Wasserwüste, die völlig aus den Fugen geraten schien. Das sonst blaue Meer hatte eine schmutzig braune Farbe angenommen, wobei die Kämme von gelblichen Schaumkronen bedeckt waren.

Bei diesem Wetter stand Randi Neals, der Quartermaster[21], selbst mit seinem Maat am Steuer. Bei normaler Witterung beaufsichtigten sie lediglich die Rudergänger. Um von der Gischt nicht über Bord gespült zu werden, hatten sie sich

---

[21] In der Royal Navy ein Unteroffiziersrang, der für die Überwachung der Rudergänger verantwortlich ist.

am Steuerrad festgebunden. Henry du Valle stand mit Joseph Townsend am Kompass. Auch sie hatten sich mit Tauen gesichert. Henry du Valle warf einen prüfenden Blick auf die in wilder Hast dahinjagenden Wolken. Dann sagte er: «Es scheint aufzuklaren.» Leutnant Townsend sah ihn verständnislos an. Bei dem Sturm hatte er nur Wortfetzen verstanden. Henry wiederholte schreiend: «Es – scheint – aufzuklaren!» Der Leutnant nickte zustimmend. Dann erwiderte er: «Aye – der – Wind – lässt – auch – schon – nach!». Tatsächlich trat langsam eine Wetterbesserung ein. Henry du Valle war erleichtert, aber auch überrascht. Die Biskaya war für tagelange schwere Stürme berüchtigt. Der gegenwärtige Sturm hatte sie aber erst am Vortage ereilt.

Als auch die Dünung zusehends schwächer wurde, belebte sich das Deck langsam wieder. Nur die Landlubber[22], die von der Seekrankheit besonders schlimm erwischt worden waren, lagen noch in ihren Hängematten. Aber bald würden der Bootsmann und seine Maate sie daraus verscheuchen, denn nach dem Sturm wartete jede Menge Arbeit an Deck. Die Decksoffiziere hatten bereits damit begonnen, ihre Arbeitsbereiche auf eventuelle Schäden zu überprüfen. Der Geschützmeister machte den Anfang. «Keine Schäden an den Geschützen, Sir. Bei Nummer vier müssen wir ein Rückholtau ersetzen», meldete er. «Danke, Mr. Potter, machen Sie weiter», antwortete Henry du Valle. Der Schiffszimmermann meldete zweieinhalb Zoll Wasser in der Bilge. Für Henry du Valle war das eine sehr positive Meldung, zeigte sie doch, dass die *Mermaid* ein solide ge-

---

[22] Landratten – abwertend für neue und unerfahrene Seeleute

bautes und sehr trockenes Schiff war. Die Franzosen waren als sehr gute Schiffbauer bekannt und die auf der Königlichen Werft in Chatham durchgeführten Arbeiten, wozu auch die Verstärkung der Verbände zählte, hatten für eine weitere Verbesserung gesorgt.

Nachdem Henry alle Meldungen entgegengenommen hatte, konnte er endlich unter Deck gehen. Er war hungrig und rechtschaffen müde. Seit dem Beginn des Sturms hatte er sich an Deck aufgehalten. Jeeves hatte ihn zwar mit dem restlichen Brot aus Portsmouth versorgt, doch dazu gab es nur kalten Grog, so dass er sich nun nach einer warmen Mahlzeit sehnte.

Tatsächlich stieg im unter Deck der angenehme Duft von gebratenem Speck in die Nase. Jeeves war also bereits dabei, eine Mahlzeit vorzubereiten. Ächzend ließ sich Henry du Valle auf der langen Rückbank unter den Heckfenstern nieder. Nach dem gestrigen Tag und der durchwachten Nacht taten ihm alle Knochen im Leibe weh und sein Körper sehnte sich nach Ruhe. Nur sein knurrender Magen verhinderte, dass ihm im Sitzen die Augen zufielen.

Endlich öffnete sich die Tür und Jeeves kam mit einem Tablett in die große Kajüte. Er stellte es auf dem langen Tisch vor der Rückbank ab. Dann nahm er die große Blechkanne und goss Henry einen Pott Kaffee ein. Hungrig überblickte Henry du Valle das Tablett mit seinem Frühstück. Jeeves hatte an alles gedacht, es gab Eier mit gebratenem Speck, einige Hammelkoteletts und sogar ein großes Stück Roastbeef. Sie waren erst vor wenigen Tagen aus Portsmouth ausgelaufen und dank der kühlen Witterung hatten sich die frischen Lebensmittel bis jetzt gehalten.

Nachdem er gegessen hatte, lehnte sich Henry zurück und sah sich zufrieden in der großen Kajüte um. Die breite Fensterfront sorgte dafür, dass der Raum in helles Licht getaucht wurde. Die große Rückbank war mit rotem Samt gepolstert. Davor stand ein großer Tisch, der zehn Personen Platz bot. An den Stirnseiten des Tisches und gegenüber der Rückbank standen Stühle, die wie die Rückbank gepolstert waren. Eine kleine Anrichte und ein dazu passendes Bücherboard komplettierten die Einrichtung. Die beiden Karronaden wirkten hier wie Fremdkörper, weshalb Jeeves sie mit passenden Überzügen verdeckt hatte. Alles in allem konnte Henry mit seinem kleinen Reich mehr als zufrieden sein.

Henry du Valle war das Kriegsglück mehrmals hold gewesen, so dass er sich als sehr vermögenden Mann sehen konnte. Dafür hatten ein holländischer Ostindienfahrer, die *Mermaid* und einige kleinere Prisen gesorgt, die er mit der *Clinker* erobert hatte. Selbst der Erwerb des kleinen Landguts in der Nähe von Deal hatte nur wenig an seinem Vermögen gekratzt. Obwohl Henry mit Leib und Seele seiner Heimatinsel Guernsey verbunden war, hatte er sich zum Kauf von Knights Manor entschlossen, um seiner Verlobten Annika näher zu sein, die mit ihrer Mutter ganz in der Nähe bei ihrem Onkel lebte. Henry du Valle kannte Annika schon seit seiner Kindheit. Damals hatte er sie auf einer Ostseereise mit seinem Vater im dänischen Skagen kennengelernt, wo ihr Vater Hafenkapitän war. Später verbrachte er viele Tage bei den Hanssens, wenn er auf Schiffen seines Vaters auf günstige Winde zur Einfahrt in die Nordsee wartete. Mit der Zeit hatte man sich zwar aus den Augen verloren, doch als er im letzten Jahr mit der *Clinker* nach Skagen kam, war die alte Vertrautheit sofort wieder da und es wurde sogar Liebe daraus. Wenn am Ende des Jahres die Trauerzeit um ihren Vater endete, würden sie heiraten und Annika mit Mutter Hanssen in Knight Manor einziehen.

Während sich Henry du Valle sein zukünftiges Leben mit Annika vorstellte, nickte er langsam ein und seine Gedanken gingen in einen Traum über. Jeeves kam in die Kajüte, um die Reste des Frühstücks abzuräumen. Er sah den Schlafenden zusammengesunken auf der Rückbank. Vorsichtig zog er seinem Kommandanten die Stiefel aus und legte seine Beine auf die Bank. Dann verließ er leise die Kajüte.

4

Einige Tage später segelte die *Mermaid* auf Südkurs entlang der portugiesischen Küste. Die Windverhältnisse zwangen zum Kreuzen. Das war zwar mühselig, doch zugleich gewann die unerfahrene Mannschaft dadurch immer mehr Routine. Obwohl man sich auf einer recht häufig befahrenen Route befand, war die *Mermaid* in den letzten Tagen keinem anderen Schiff begegnet. Selbst Sichtungen ferner Segel hatte es nicht gegeben. Das würde sich spätestens im Bereich der Tejomündung ändern.

Henry du Valle nutzte die ruhige Zeit für intensive Gefechtsübungen. Neben der regulären Pulvermenge hatte er sich einen großen privaten Vorrat zugelegt. So blieb es beim Geschützdrill nicht bei Trockenübungen, sondern jede Geschützbedienung kam mindestens einmal pro Tag zum scharfen Schuss. Henry stellte dabei fest, dass nichts die Besatzung so sehr motivieren konnte, wie die Aussicht auf den Geruch von Schießpulver. Der einzige Nachteil der täglichen Übungen bestand für ihn darin, dass jedes Mal seine gesamte Unterkunft abgebaut und unter Deck geschafft wurde. Der Wiederaufbau dauerte dann immer deutlich länger als der Abbau. Aber diese Unannehmlichkeit nahm Henry gern in Kauf, wusste er doch aus Erfahrung, wie wichtig eine gut gedrillte Mannschaft im Gefecht war.

Hinsichtlich der Gefechtserfahrung kam sich Henry du Valle gegenüber seiner Mannschaft fast schon wie ein Veteran vor, hatte er doch schon an mehr als einem halben Dutzend Gefechten teilgenommen. Nur sein Freund Joseph Townsend und der alte Geschützmeister hatten als einzige von der Mannschaft ebenfalls an Seegefechten teilgenommen. Während Leutnant Townsend nur das Gefecht vorweisen konnte, das zur Eroberung der *Mermaid* geführt hatte, war Mr. Potter ein Veteran aus dem Krieg gegen die amerikanischen Kolonien.

Wieder begann an Bord allmählich ein neuer Tag. Die *Mermaid* durchpflügte sanft die Wellen, der Ausguck war bereits wieder aufgeentert und unter Deck wurden die Freiwächter zur täglichen Reinigung der Decksplanken geweckt. Henry du Valle lag noch in seiner Schwingkoje und schlief. Er genoss sein Privileg, als Kommandant keine Wachen gehen zu müssen. Gleichwohl hielt er sich tagsüber lange an Deck auf, auch um seine Wachoffiziere bei der Arbeit kennenzulernen, aber vor allem, weil sein Schiff ihn mit einer tiefen Freude erfüllte und er das Segeln auf den Meeren schon immer geliebt hatte.

Die lauten Schleifgeräusche an Deck weckten ihn aber schließlich doch. Tag für Tag wurden die Decksplanken mit Schleifsteinen, den so genannten Gebetsbüchern, abgeschliffen, um sie vom Teer, das bei Wärme aus der Takelage tropfte, und anderem Schmutz zu befreien. Nach dem Schleifen wurde das Deck gründlich gewässert und schließlich trocken gefeudelt.

In seiner Schlafkabine war es dunkel, denn sie hatte weder Fenster noch ein Oberlicht. Henry du Valle war aber routiniert genug, sich auch in der Dunkelheit anziehen zu können. Im normalen Tagesdienst trug er einen alten Uniformrock aus seiner Zeit als Midshipman und eine aus Segeltuch geschneiderte Hose, wie sie auch alle einfachen

Matrosen trugen. Seine Kopfbedeckung war ein schon speckiger Zweispitz.

So gekleidet begab sich Henry du Valle in seine Tageskabine, die auch als Arbeitsplatz seines Schreibers diente und von Leutnant Townsend für administrative Arbeiten genutzt wurde. Zu dieser Tageszeit war sie aber noch leer und Jeeves servierte hier das Frühstück. Im Gegensatz zur Schlafkabine war dieser Raum durch ein Oberlicht beleuchtet. Henry wollte gerade seinen ersten Schluck Kaffee trinken, als er durch das geöffnete Oberlicht einen Ruf hörte. «An Deck, Segel zehn Grad Steuerbord voraus!»

Kurz darauf hörte Henry ein Poltern auf der Treppe und Mr. Riker kam atemlos zur Tür herein. «Sir, wir haben ein fremdes Segel gesichtet.» «Danke, Mr. Riker, bitte sagen Sie dem Master, dass ich sofort an Deck kommen werde», antwortete Henry du Valle. Der noch immer atemlose Kadett grüßte und lief zurück zum Master, nicht ohne vorher noch einen kurzen, aber sehr sehnsuchtsvollen Blick auf das Frühstück seines Kommandanten zu werfen. Henry erinnerte sich an seine eigene Kadettenzeit, grinste und nahm nun endlich einen ersten Schluck seines Kaffees. Dann folgte er dem Jungen an Deck.

Mr. Ellis grüßte und wechselte dann auf die Leeseite des Achterdecks, um die geheiligte Luvseite für den Kommandanten freizumachen. Henry du Valle ging jedoch direkt auf ihn zu, um ihn Meldung machen zu lassen. «Nun, was haben wir, Mr. Ellis?», fragte er. «Der Ausguck hat noch fast unter der Kimm ein fremdes Segel gesichtet», antwortete der Master und fragte dann: «Sollen wir Klarschiff zum Gefecht machen, Sir?» «Nein, Mr. Ellis, dafür ist noch Zeit.

Wir wollen die tägliche Routine nicht durcheinanderbringen. Bei der Entfernung ist noch genügend Zeit, die Besatzung frühstücken zu lassen», sagte Henry du Valle.

«Mr. Riker, bringen Sie mir bitte mein Teleskop», befahl er. Sobald der Kadett mit dem Fernrohr zurückgekehrt war, enterte Henry zur Fockmarssaling auf. Er wollte sich vorsichtshalber selbst ein Bild machen, bevor er zu seinem Frühstück zurückkehrte. Der Ausguck machte ihm Platz und zeigte mit dem rechten Arm die Peilung des gesichteten Segels an. Tatsächlich konnte man in der Ferne die oberen Segel eines Schiffes ausmachen. Es waren Rahsegel, demnach handelte es sich um kein ganz kleines Schiff. Henry du Valle setzte das Fernrohr an und korrigierte die Schärfeneinstellung. Nun konnte er sehr gut erkennen, wie nun auch die unteren Teile des Schiffes am Horizont sichtbar wurden.

Plötzlich stutzte er. War das möglich? Henry setzte das Fernrohr erneut an und bemühte sich, es ganz ruhig zu halten, um die Details genau anschauen zu können. Dann musste er lächeln. Dieses Schiff kannte er genau. Henry enterte wieder ab. Den fragenden Blick des Masters tat er mit einem Lächeln und einem Kopfschütteln ab. Es würde noch mindestens eine Stunde dauern, bis das Schiff auch von Deck aus sichtbar sein würde, also konnte er dem Kaffeeduft aus seiner Kabine nachgehen.

Nach einem ausführlichen Frühstück kehrte Henry du Valle an Deck zurück. Inzwischen konnte man auch vom Achterdeck aus erkennen, dass es sich um eine Brigg handelte. Bis jetzt hatte sie noch keine Flagge gehisst, aber auch die *Mermaid* fuhr noch ohne Flagge. «Mr. Ellis, lassen

Sie unsere Flagge setzten», befahl Henry du Valle. Der Union Jack zum Zeichen, dass die *Mermaid* unter der Flagge der Admiralität fuhr, stieg zur Besanrah empor. Die Brigg antwortete mit dem St. Georgs-Kreuz[23].

Henry du Valle wandte sich an den Ausguck: «Harris, gibt es auf der Brigg verdächtige Aktivitäten?» «Nein Sir, die Geschütze sind nicht besetzt, alles scheint ruhig zu sein», antwortete Harris. Henry nickte zufrieden. Er hatte das Schiff zwar erkannt, aber im Krieg ging Sicherheit über alles. Dann befahl Henry: «Mr. Walters, Signal an die Brigg, Kommandant mit Papieren zu mir.» Der Midshipman stellte das entsprechende Signal zusammen und ließ es an der Signalleine hissen.

Auf der Brigg hatte man mit diesem Befehl gerechnet. Kaum war das Signal gehisst, schwang bereits eine Gig an der Großrah außenbords. Die Gig wurde bemannt und der Kommandant der Brigg stieg als Letzter ein. Mit wenigen Ruderschlägen legte das Boot den Weg zur *Mermaid* zurück. Die Zuschauer an Bord der *Mermaid* nickten anerkennend. Auf der Brigg verstand man etwas von guter Seemannschaft. Die Gig ging längsseits, der Buggast hakte einen Bootshaken in den Rüsten ein und der Kommandant kletterte über die Rüsten geschickt an Deck, noch ehe eine Jakobsleiter zu seiner Unterstützung herabgelassen werden konnte.

An Deck lüftete er seinen Dreispitz in Richtung Achterdeck und sah sich um. Die Männer an Deck starrten ihn

---

[23] Die weiße Flagge mit dem roten Kreuz war damals auch die Flagge der Schiffe von den Kanalinseln.

entgeistert an. Er wirkte wie ein etwas älteres Abbild ihres Kommandanten, nur dass er sein Haar nicht zu einem Zopf zusammengebunden hatte. Beim ihm quollen wilde blonde Locken unter dem Dreispitz hervor. Er war etwas größer als Henry du Valle und ebenso breitschultrig.

Henry du Valle kam ihm vom Achterdeck mit ausgebreiteten Armen entgegen. «Louis, mit Dir habe ich jetzt nicht gerechnet!», rief er, während er seinen Bruder umarmte. «Aber unsere gute alte *Skua* hast Du doch erkannt?», fragte Louis du Valle. «Ja, natürlich, obwohl ich vor Überraschung fast von der Saling gefallen wäre», lachte Henry.

Dann nahm er seinen Bruder am Arm und stellte ihn Leutnant Townsend und dem Master vor. Anschließend gingen beide unter Deck. Sie machten es sich in der großen Kajüte gemütlich. Jeeves servierte eine Flasche Rheinwein und füllte zwei Gläser. Dann zog er sich wieder zurück.

Die Brüder tranken sich zu und musterten sich gegenseitig. «Was treibt Dich auf See, Bruderherz?», fragte Henry schließlich. «Das Kontor wurde mir einfach zu eng, ich bin fast erstickt», antwortete Louis. «Außerdem haben wir ja durch den Krieg kaum noch etwas zu tun. Als sich dann Captain Brehaut kurz vor dem Auslaufen das Bein brach, gab es für mich kein Halten», fuhr er fort.

«Und hat sich die Fahrt bisher gelohnt?», wollte Henry wissen. Louis zog die Stirn ein wenig in Falten und meinte dann: «Wir sind drei Wochen im Gebiet der Ansteuerung nach Cadiz gekreuzt, leider ohne Erfolg. Da macht sich die Blockade durch Old Jarvie[24] schon ziemlich bemerkbar.

---

[24] Spitzname für John Jervis 1st Earl of St. Vincent

Angeblich soll sich der Handel weiter nach Norden verlagert haben. Wir wollen es jetzt vor Vigo versuchen. Hoffentlich sind wir dort erfolgreicher. Aber was ist mit Dir, kleiner Bruder? Ganz Guernsey spricht davon, dass Du heiraten willst.» Henry lachte glücklich und erwiderte: «Da hat Maman wieder ganze Arbeit geleistet, dabei hat sie ihre zukünftige Schwiegertochter noch gar nicht kennengelernt, aber Du kennst doch Annika.» Louis musste ebenfalls lachen. «Ja, ich kenne sie, aber nur als kleine rothaarige Hexe.» «Du wirst überrascht sein, wenn Du sie auf der Hochzeit siehst», sagte Henry, «Und wie sieht es bei Dir aus, hat Dich Maman erfolgreich verkuppeln können?» «Nein, das hat sie nicht, aber ich habe trotzdem jemanden gefunden», antwortete Louis. «Kenne ich sie?», fragte Henry. Louis zwinkerte ihm lachend zu und sagte dann: «Es ist Thérèse le Marchant.» Henry du Valle war überrascht. Seit Jahrhunderten hatte es sich eingebürgert, dass die Familien Marchant und Sausmarez untereinander heirateten, deshalb kam die Nachricht einer kleinen Revolution gleich. «Du willst also tatsächlich die kleine Schwester von Mrs. Saumarez[25] heiraten? Was geschieht auf dieser Insel, während ich nicht da bin?», fragte Henry. Louis antwortete: «Du weißt, doch Thérèse ist viel jünger als ihre Schwester und alle ledigen Sausmarez Männer sind zu jung für sie. Obwohl sie die Schönste in der ganzen Familie ist, wäre sie doch übriggeblieben. Da habe ich meine Chance erkannt und was soll ich Dir sagen, sie liebt mich auch.»

Die Brüder tranken auf ihre Bräute und tauschten noch etwas Inselklatsch aus. Henry erzählte natürlich auch von

---

[25] Die Ehefrau von James Saumarez. Er stammte aus der Familie Sausmarez änderte jedoch seinen Namen in Saumarez.

dem Zwischenfall im Kanal mit den französischen Korsaren. So leerte sich die erste Flasche und eine zweite folgte. Inzwischen wurde auch die Bootscrew gut versorgt. Auf der *Skua* waren frische Lebensmittel nur noch eine Erinnerung an vergangene Zeiten. Schließlich kam die Stunde des Abschieds. Louis du Valle kehrte auf sein Schiff zurück, beide Schiffe setzten wieder ihre Segel und schon bald war die *Skua* nur noch ein vager Punkt am Horizont.

5

Vier Tage später sichtete die *Mermaid* die britische Mittelmeerflotte vor Cadiz. Angeführt wurde sie von der *Ville de Paris*, einem Dreidecker mit einhundertzehn Kanonen. Henry du Valle ließ Salut für die Flagge des Earl of St. Vincent schießen. Kaum war der Salut beendet, stiegen bunte Signalflaggen an der Besanrah der *Ville de Paris* empor und befahlen ihm, an Bord des Flaggschiffs zu kommen. Leutnant Townsend ließ diesmal die Barkasse aussetzen, denn neben den Depeschen der Admiralität hatte die *Mermaid* auch die Post für die gesamte Flotte an Bord.

Nachdem Henry du Valle seinen Platz auf der Heckducht der Barkasse eingenommen hatte, gab Charlie Starr das Kommando zum Ablegen. Mit gleichmäßigen Schlägen strebte sie der *Ville de Paris* zu, die vor Henrys Augen immer höher wurde. Schließlich war das Flaggschiff erreicht und Charlie Starr ging mit der Barkasse längsseits. Aus der Admiralspforte der *Ville de Paris* war eine Jakobsleiter herabgelassen worden. Henry erhob sich von seinem Platz am Heck der Barkasse. Jetzt nur nicht abrutschen, dachte er sich. Mit einem beherzten Sprung stieß er sich von der Bordwand der Barkasse ab und bekam die Jakobsleiter zu fassen. Nach einer Schrecksekunde fanden auch seine Füße Halt und Henry kletterte hinauf zur Admiralspforte.

Dort wurde er von Captain George Grey, dem Kommandanten der *Ville de Paris* empfangen, der ihn offiziell an Bord begrüßte. Zugleich präsentierten die angetretenen Marineinfanteristen ihre Gewehre und die Kapelle spielte

Hearts of Oak[26]. «Commander du Valle von seiner Majestät Sloop *Mermaid*», stellte sich Henry du Valle vor. «Willkommen an Bord, Captain du Valle, der Captain of the Fleet[27] erwartet sie bereits», antwortete Captain Grey. Er ging voran und geleitete Henry du Valle zur Unterkunft von Captain Calder.

Sir Robert Calder Bt[28]. war ein hochgewachsener, etwas asketisch wirkender Mann mit einer altmodischen Perücke. Er musterte Henry du Valle nach der Begrüßung misstrauisch, als würde er befürchten, der junge Offizier könnte ihm etwas vorenthalten. «Geben Sie mir die Briefe für den Admiral», befahl er. Henry du Valle überreichte ihm die versiegelte Tasche mit den Depeschen der Admiralität und die Privatpost des Admirals. Letztere gab Sir Robert an Henry zurück. «Die übergeben Sie bitte dem Admiral persönlich.» Henry du Valle griff in seine Tasche und holte ein weiteres Bündel hervor, welches er bereits an Bord der *Mermaid* gesondert gepackt hatte: «Sir, ich habe hier noch Ihre Post.» Mit diesen Worten überreichte er Sir Robert einen dicken Stapel Briefe. Sir Robert nahm sie entgegen und sagte: «Danke, Commander du Valle, das war sehr aufmerksam von Ihnen. Wenn Sie mich nun entschuldigen würden, der Admiral wird gleich Zeit für Sie haben. Lassen Sie sich vom Posten den Weg erklären.»

---

[26] Heute der offizielle Marsch der Royal Navy
[27] Vergleichbar mit der Funktion eines Stabschefs
[28] Die Abkürzung Bt zeigt an, dass es sich um einen Baronet handelt, den niedrigsten erblichen Adelstitel in Großbritannien

Damit war Henry du Valle entlassen. Was sollte er davon halten? Eigentlich war es bei der Royal Navy üblich, dass man sich Zeit füreinander nahm und zumindest eine Flasche Wein leerte, wenn sich zwei Offiziere auf See begegneten. Stand Sir Robert unter Druck oder war er einfach nur ein Muffel? Zum Glück würde er nicht lange genug bei der Mittelmeerflotte bleiben, um dies herauszufinden.

Natürlich musste Henry niemanden nach dem Weg fragen, um das Quartier des Admirals zu finden. Wie auf allen Flaggschiffen befand es sich unter der Captainskajüte auf dem Kanonendeck. Während er den Niedergang hinabstieg, dachte Henry darüber nach, welches Glück er doch mit seinen Vorgesetzten gehabt hatte, seit er nicht mehr auf der alten *Prince Rupert* diente. Dieser Zweidecker mit vierundvierzig Kanonen war als Wachschiff im Hafen von Newcastle eingesetzt worden, bis ein Herbststurm seine lange Kariere in der Royal Navy beendet hatte.

Endlich hatte Henry du Valle das Admiralsquartier erreicht. Er meldete sich beim Posten vor dem Eingang an und wurde dann von einem Sekretär in Empfang genommen. «Seiner Lordschaft geht es heute nicht besonders gut. Fassen Sie sich bitte kurz und regen Sie seine Lordschaft nicht auf», sagte der Sekretär. Dann bedeutete er Henry, kurz zu warten und verschwand in der großen Kajüte. Wenig später kehrte er zurück. «Seine Lordschaft hat jetzt Zeit für Sie.»

Henry du Valle trat in die große Admiralskajüte ein. Der Earl of St. Vincent, wie sich Old Jarvie seit seinem Sieg im letzten Jahr[29] nennen durfte, saß im einem bequemen Ohrensessel direkt an einem der Seitenfenster. Vor sich hatte er einen kleinen Tisch, an dem noch zwei weitere Sessel standen, die jedoch kleiner waren. Henry du Valle wusste, dass der Admiral fasst schon fanatisch auf Disziplin hielt. Entsprechend schneidig machte Henry deshalb seine Meldung: «Mylord, Commander Henry du Valle von seiner Majestät Sloop *Mermaid* im Auftrag der Admiralität auf dem Weg ins Mittelmeer. Ich habe ihre Privatpost, Sir.» «Commander du Valle also», der Admiral musterte ihn interessiert. «Sie sehen Ihrem Vater ähnlich. Er war einer von Sir Peter Parkers Männern», sagte er dann, «Bitte nehmen Sie Platz.» Der Earl St. Vincent wies auf den Sessel, der seinem Ohrensessel direkt gegenüberstand.

Henry du Valle setzte sich. «Trinken Sie einen Portwein mit mir?», fragte Old Jarvie. «Vielen Dank, Mylord, ich bin so frei», antwortete Henry du Valle. Der Admiral wandte sich an einen im Hintergrund wartenden Diener: «Lessing, bringen Sie mir eine Flasche Portwein, aber einen vernünftigen, wenn ich bitten darf.» «Aber Mylord, Doktor Munroe hat Euch doch jeglichen Alkohol untersagt und Mr. Fisher hat mir befohlen, Euch keinen Alkohol zu servieren.» Henry sah, wie eine Ader auf der Stirn des Admirals immer dicker anschwoll, als drohte sie, gleich zu platzen. Stattdessen explodierte der Earl. «Verdammte Sauwirtschaft, was denkst Du denn, wer diese Flotte kommandiert? Der Doktor oder gar mein besserwisserischer Sekretär? Ich lass Dich durch die Flotte peitschen, Kerl. Und diese verdammten Meuterer verkaufe ich als Rudersklaven

---

[29] Die Seeschlacht bei Kap St. Vincent am 14. Februar 1797 war ein bedeutender Sieg gegen die spanische Armada.

an den Dey von Algier[30]!» Der Diener zog den Kopf ein
und verschwand hastig, nur um kurz darauf mit einer Karaffe Portwein und zwei Gläsern zurückzukehren, die er
schnell und fast randvoll füllte, um sich danach sofort wieder ängstlich zurückzuziehen.

Old Jarvie nahm ein Glas und forderte Henry auf, es ihm
gleichzutun. Die Männer prosteten sich zu und der Admiral stellte fest: «Sie haben Glück, Captain, Lessing hat uns
meinen besten Portwein serviert.» «Er schmeckt ausgezeichnet, Mylord», fühlte sich Henry verpflichtet zu antworten. Tatsächlich handelte es sich um einen edlen Tropfen. «Nun, Mr. du Valle, was führt Sie eigentlich zu mir?»,
wollte Old Jarvie wissen. «Mylord, ich bin unter Befehl der
Admiralität auf dem Weg ins Mittelmeer, um die Barbareskenküste aufzuklären und die Haltung der Korsarenstädte
in unserem Krieg gegen Frankreich und Spanien zu ergründen.» Der Earl St. Vincent lachte: «Um diese Aufgabe
beneide ich Sie nicht. Passen Sie nur auf, dass Sie nicht mit
der Pest in Berührung kommen. Nach meiner Erfahrung
neigen die Barbaresken nur sich selbst zu, hassen uns aber
immerhin weniger als die Spanier und Franzosen, ihre
Nachbarn und Konkurrenten im Mittelmeer. Haben Sie
auch Befehle für Sir Horatio?» «Nein, Mylord, nur Kopien
der Geheimberichte, die mir auch für Eure Lordschaft
übergeben wurden», antwortete Henry du Valle. Der Admiral nickte und meinte: «Sir Horatio ist vor drei Tagen ins
Mittelmeer aufgebrochen, Sie werden ihm in Richtung
Toulon folgen müssen, bevor Sie sich Ihrer eigentlichen
Aufgabe zuwenden können».

---

[30] Titel des Herrschers von Algier

Nachdem der offizielle Teil erledigt war, wandte sich das Gespräch mehr allgemeinen Themen zu, während die Karaffe langsam, aber sicher geleert wurde. Natürlich wollte auch ein Admiral über den letzten Londoner Klatsch informiert werden. Schließlich war der letzte Tropfen des Portweins getrunken und Henry wurde auf sein Schiff entlassen.

Der Abstieg in sein Boot gestaltete sich schwieriger als der Aufstieg, denn in der Zwischenzeit hatte der Seegang zugenommen. Der Portwein in seinem Blut machte es Henry nicht leichter. Schließlich entschloss er sich zu einem beherzten Sprung. Er landete krachend in der Barkasse und schlug sich dabei ein Knie auf. Den Schmerzensschrei unterdrückte er, und Charlie Starr tat geflissentlich so, als ob er nichts gesehen hätte. Unmittelbar nach seiner Rückkehr auf der *Mermaid* ließ Henry du Valle durch ein Flaggensignal um Entlassung aus dem Geschwader bitten und die Sloop nahm Kurs auf die Straße von Gibraltar.

6

Das Zerfallen der 1. Koalition und der Seitenwechsel Spaniens hatten Großbritannien zum Ende des Jahres 1796 gezwungen, seine Stützpunkte im Mittelmeer aufzugeben. Kommodore Nelson war damals mit der Evakuierung betraut. Er verließ Anfang Februar 1797 als letzter ranghoher Offizier der Royal Navy das Mittelmeer. Vierzehn Monate später kehrte er, inzwischen zum Konteradmiral befördert und in den Adelsstand erhoben, ins Mittelmeer zurück. Sein Geschwader bestand aus drei Linienschiffen, zwei Fregatten und einer Sloop. Zu diesem Zeitpunkt ging der Earl St. Vincent davon aus, keine weiteren Kriegsschiffe bei der Blockade der spanischen Flotte vor Cadiz entbehren zu können. Außerdem handelte es sich vorerst nur um eine Aufklärungsmission, um die Pläne der französischen Mittelmeerflotte zu ergründen.

Henry du Valle hoffte, Sir Horatio noch vor dem Auslaufen aus Gibraltar zu erreichen. Das hätte ihm den Umweg zur französischen Mittelmeerküste erspart, denn seine Hauptaufgabe lag ja bei den Korsarenhäfen im Süden. Bis der berühmte Felsen von Gibraltar in Sicht kam, brauchte die *Mermaid* eine halbe Tagesreise. Bereits aus der Ferne konnte man sehen, dass keine großen Kriegsschiffe vor Anker lagen. Nelsons Geschwader war demnach bereits ins Mittelmeer ausgelaufen. Henry du Valle verzichtete darauf, den Hafen von Gibraltar anzulaufen. Die Post wurde an ein Wachboot übergeben, denn Henry hatte es eilig. Er wollte Sir Horatios Geschwader schnellstmöglich erreichen. Vom Kommandanten des Wachboots erfuhr Henry, dass Sir Horatio noch zwei Tage Vorsprung hatte. Es galt also, keine Zeit zu verlieren.

Das Mittelmeer empfing die *Mermaid* mit Wärme und einer leichten Brise aus West, die von der nahen Küste immer wieder den Duft von wildem Thymian herüberwehte. Henry du Valle ließ alle Segel setzen, obwohl Mr. Ellis dazu ein bedenkliches Gesicht machte, denn mehr als einmal hatte er hier erlebt, dass plötzlich aufkommende Böen selbst große Schiffe in Bedrängnis brachten. Joseph Townsend zerstreute diese Bedenken mit dem Hinweis auf den vollkommen wolkenlosen Himmel. Auf den Schiffen seiner Familie war er schon als Kind ins Mittelmeer gefahren und war mit den hiesigen Wetterverhältnissen ebenfalls gut vertraut. Zur Sicherheit befahl Henry den Ausguckgasten, auch auf Veränderungen des Wetters und speziell plötzliche Wolkenbildungen zu achten.

An der spanischen Küste wimmelte es normalerweise von Handelsschiffen, denn aufgrund des schlecht ausgebauten Straßennetzes waren Schiffe selbst in Kriegszeiten hier das bevorzugte Transportmittel. Doch die *Mermaid* war seit dem Einlaufen ins Mittelmeer keinem einzigen Schiff begegnet. Ein Fischerboot, dem Henry einige kapitale Thunfische abkaufen ließ, brachte schließlich die Aufklärung. Joseph Townsend sprach fließend Spanisch und unterhielt sich mit dem ältesten Fischer. Als sich die Fischer freundlich winkend verabschiedeten, kehrte der Leutnant auf das Achterdeck zurück. «Sir, der Fischer erzählte, dass man das britische Geschwader beim Einlaufen ins Mittelmeer beobachtet hat. Daraufhin schickte man berittene Boten die Küste hinauf, um die Schifffahrt vor der Rückkehr der Briten zu warnen», berichtete er Henry und dem Master. «Hat er das Geschwader selbst gesehen?», wollte Henry wissen. «Ja, er hat vorgestern drei Vierundziebziger auf Nordkurs beobachtet», antwortete Joseph Townsend. «Dann haben wir keine Zeit aufholen können», stellte Henry fest. Der Master nickte zustimmend und sagte: «Sir, immerhin sind es gute Segler und sie scheinen denselben günstigen Wind zu haben wie wir.»

Henry du Valle versuchte, seine Enttäuschung nicht offen zu zeigen. Wie die Dinge lagen, würde es ihm nicht gelingen, Sir Horatios Geschwader vor Toulon zu erreichen. Aber vielleicht traf er ja auf eine der Fregatten oder die Sloop, die sich offenbar auf Erkundungsfahrt befanden und konnte diesen seine Depeschen übergeben.

An den folgenden Tagen blies der Wind unverändert aus westlicher Richtung und bescherte der *Mermaid* angenehmes Segelwetter. Die Wache hatte kaum zu tun und die Pfeifen der Bootsmannsmaate blieben stumm. «Die Einheimischen nennen diesen Wind Poniente», sagte Joseph Townsend, als er am frühen Morgen mit Henry auf dem Achterdeck stand. Er hatte zwar keine Wache, doch er sah von Zeit zu Zeit nach dem Rechten, wenn einer der Steuermannsmaate[31] Wache ging. Diesmal war es Mr. Larkin, der sich im nächsten größeren Hafen der Leutnantsprüfung stellen würde.

«Wie macht er sich?», fragte Henry du Valle mit einem kurzen Blick auf den jungen Mann, der voll konzentriert auf der Leeseite des Achterdecks stand. «Oh, ich glaube, es war eine gute Entscheidung, ihn allein Wache gehen zu lassen. Nur so kann er das nötige Selbstvertrauen entwickeln»,

---

[31] Unteroffiziersrang, der als Gehilfe des Masters dient. Damals auch von Offiziersanwärtern gern genutzte Zwischenstation vor der Ernennung zum Leutnant.

antwortete Joseph Townsend. Henry du Valle nickte zufrieden. Dann wandte er sich an den Wachhabenden: «Mr. Larkin, ob Sie wohl Leutnant Townsend und mir nach Ihrer Wache beim Frühstück Gesellschaft leisten würden?» Natürlich kam die Frage des Kommandanten einem förmlichen Befehl gleich, doch Mr. Larkin antwortete hoch erfreut: «Es ist mir eine Ehre, Sir.»

Später saßen sie zu viert in der großen Kajüte beim Frühstück. Neben Mr. Larkin war auch der Midshipman der Wache, Graham Walters eingeladen worden. Jeeves servierte eine Platte voller gebratener Speckscheiben, dazu gebratene Eier und einen großen Berg gebratener Thunfischsteaks. Es war Teil der Navy-Etikette, dass man an der Tafel des Kommandanten nur redete, wenn man vom Kommandanten direkt angesprochen wurde. Henry du Valle hasste diese Regel, die ihn in die Rolle eines Alleinunterhalters drängte. Glücklicherweise saß Joseph Townsend mit am Tisch, der aufgrund ihrer persönlichen Freundschaft diese Regel durchbrechen konnte und frei über die Landstriche erzählte, die sie momentan mit der *Mermaid* passierten. Mr. Larkin und Mr. Walters blieben jedoch stumm und konzentrierten sich auf das für Angehörige der Fähnrichsmesse ungewohnt gute Essen.

Nachdem Essen zogen sich beide zurück, während die Freunde noch etwas sitzen blieben. Jeeves kam mit einer frischen Kanne Kaffee herein und schenkte ihnen nach. «Mr. Wise war vorhin bei mir», sagte Henry du Valle, «Er meldete, dass durch den Sturm in der Biskaya doch mehr Wasserfässer beschädigt wurden, als ursprünglich gedacht. Kennst Du einen Platz an dieser Küste, wo wir uns Trinkwasser besorgen könnten?» Joseph Townsend dachte kurz nach und sagte dann: «Ungefähr einen halben Tag von hier gibt es eine unbewohnte Bucht, in die ein kleiner Bach mündet, der ganzjährig Wasser führt.» «Wären wir dort ungestört?», fragte Henry. «Ab und zu verirrt sich ein Kauffahrer dorthin. Mit Kriegsschiffen ist dort weniger zu rechnen, weil Cartagena nicht weit entfernt liegt», meinte Joseph Townsend.

Henry du Valle entschloss sich, die vorgeschlagene Bucht anzulaufen. Das sorgte dafür, dass die Zeit des ruhigen Segelns nun vorbei war, denn ab sofort hieß es kreuzen. Anfänglich wollte das nicht so recht klappen, denn die ruhigen Tage hatten die Besatzung träge gemacht. Eigentlich sah es Henry nicht gern, wenn die Mannschaft mit den Startern der Bootsmannsmaate angetrieben wurde, doch diese Trägheit durfte er nicht dulden. Im Ernstfall konnte sie das Schiff gefährden.

Die *Mermaid* erreichte die gesuchte Bucht in der Abenddämmerung. Henry du Valle ließ vor der Küste beidrehen. Er hielt es für sicherer, erst kurz nach Sonnenaufgang in die Bucht einzulaufen. Wie in den Vortagen waren keine anderen Schiffe zu sehen. So verbrachte die Besatzung einen ruhigen Abend und eine ungestörte Nachtruhe. Kurz vor Sonnenaufgang ließ Henry du Valle alle Männer wecken und ihre Gefechtsstationen besetzten. Langsam näherte sich die *Mermaid* der Küste. Eine nach Norden gekrümmte Landspitze, die aus schroffen Felsen bestand, ragte ins Meer und trennte die Bucht von der offenen See.

Die Mermaid rundete die Landspitze in sicherer Entfernung, denn aufspritzende Gischt zeigte, dass es knapp unter der Wasseroberfläche ein Felsenriff gab. «An Deck, Segel voraus», rief der Ausguck auf der Fockbrahmsaling plötzlich. Tatsächlich, direkt vor ihnen kam ein Schiff unter Lateinsegeln aus der Bucht. «Das ist eine Tartane[32]«, sagte Joseph Townsend zu Henry du Valle, der diesen Schiffstyp noch nie gesehen hatte. «Tartanen werden auch gern von Freibeutern genutzt», ergänzte der Leutnant.

«Ruder zwei Strich Steuerbord», befahl Henry du Valle, um die Tartane mit der Backbordbatterie unter Feuer nehmen zu können. Zugleich ließ er die Fahne hissen. Langsam schwang die *Mermaid* herum. Auf der Tartane hatte man sie nun auch bemerkt. Offensichtlich war man erschrocken, einem feindlichen Kriegsschiff so dicht unter der Küste zu begegnen, denn die Besatzung der Tartane lief vollkommen planlos an Deck herum. Schließlich entschloss sich ihr Captain zu einem Kurswechsel, um den Geschwindigkeitsvorteil seines Schiffes bei achterlichem Wind ausnutzen zu können.

Das konnte Henry du Valle nicht dulden. Er befahl dem Geschützmeister: «Mr. Potter, feuern Sie einen Schuss vor den Bug.» Mr. Potter hatte diesen Befehl bereits erwartet. Das Backbordjagdgeschütz war schon gerichtet und wurde sofort abgefeuert. Eine hohe Wasserfontäne stieg knapp vor dem Bug der Tartane auf.

Durch sein Fernrohr konnte Henry sehen, dass die Tartane mit acht Kanonen bewaffnet war. Die Steuerbordbatterie war inzwischen besetzt worden und die Tartane feuerte eine Breitseite ab. Eine Kugel riss den Außenklüver weg,

---

[32] Meist zweimastiger Segelschifftyp des Mittelmeerraumes

die anderen landeten irgendwo im Meer. «Es scheint sich tatsächlich um einen Freibeuter zu handeln», meinte der Master. Henry du Valle nickte zustimmend. Dann rief er: «Backbordbatterie Feuer!»

Die Karronaden brüllten laut auf. Ihre Kugeln fegten über das Deck der Tartane und hinterließen eine Spur der Verwüstung. Ein Mann rannte zum Flaggenstock, setzte die spanische Flagge und holte sie sofort wieder nieder. «Mr. Townsend, stellen Sie ein Enterkommando zusammen und nehmen Sie die Tartane in Besitz», befahl Henry du Valle. Dann wandte er sich an den neben ihm stehenden Midshipman: «Mr. Nutton, gehen Sie zum Doktor und bitten Sie ihn, sich dem Enterkommando anzuschließen. Dort drüben wartet sicher viel Arbeit auf ihn.»

Die Barkasse wurde ausgesetzt und bemannt. Nachdem Leutnant Townsend an Bord Platz genommen hatte, stieß die Barkasse ab und strebte der Tartane zu, die führerlos in der leichten Dünung dümpelte. Die Barkasse legte mittschiffs an und die Seesoldaten kletterten eilig an Bord. Ihr Einsatz wurde jedoch nicht benötigt. Wie die meisten Freibeuter hatte auch die Tartane zwar eine sehr große Besatzung, doch kaum jemand war nach dem mörderischen Beschuss durch die englischen Karronaden unverletzt.

Während sich Mr. Harris mit Hilfe der Marineinfanteristen um die Verwundeten kümmerte, richtete Joseph Townsend mit einigen erfahrenen Seeleuten das Rigg der Tartane wieder her. Dann untersuchte er die Kammer des Kommandanten, von dem jede Spur fehlte. Offensichtlich hatte ihn die Breitseite der *Mermaid* über Bord gefegt. Leutnant Townsend fand die Schiffspapiere, unter denen sich auch ein Kaperbrief befand. Er sammelte alle Dokumente ein und übergab das Kommando auf der Tartane an Mr. Larkin. Dann ließ er sich zurück zur *Mermaid* rudern.

Henry du Valle erwartete ihn in seiner Kajüte. Joseph Townsend legte die Papiere auf den Tisch und berichtete dann: «Es handelt sich um die Tartane *La Pascua* aus Barcelona. Sie hat einen Kaperbrief zum Kampf gegen britische, portugiesische und maurische Schiffe. Es ist eine hübsche kleine Prise.» Henry du Valle lächelte zufrieden. So eine Prise war ein guter Anfang. Damit konnte man den Diensteifer der Besatzung erheblich steigern und zugleich sorgte dieses Erfolgserlebnis für einen besseren Zusammenhalt. Er konnte sich noch gut erinnern, wie sich die erste Prise auf die Besatzung der *Clinker* ausgewirkt hatte.

«Sehr gut, Mr. Townsend», sagte Henry, «Wir werden die Prise nach Gibraltar schicken. Dort nehmen wir die Prisenbesatzung auf unserem Rückweg wieder an Bord. Mr. Larkin bekommt das Kommando, Korporal Smith soll mit fünf Marines die Gefangenen in Schach halten.»

Henry du Valle ließ seinen Schreiber die entsprechenden Befehle ausstellen. William Larkin kam von der *La Pascua* herüber, um sie in Empfang zu nehmen. Mit einem breiten Lächeln nahm er sie entgegen und kehrte auf sein erstes unabhängiges Kommando zurück. Er war mit dem Beiboot der Tartane zur *Mermaid* gekommen. Henry du Valle und Joseph Townsend beobachteten vom Achterdeck aus, wie er an Bord der *La Pascua* ging.

«Ein großer Schritt in seiner Kariere», sagte Henry du Valle. Sein Freund nickte zustimmend. «Ja, das wird ihm den letzten Schliff verpassen. Danach ist er wirklich bereit für seine Leutnantsprüfung», sagte er dann. Die Tartane setzte ihr großes Lateinersegel und nahm Fahrt auf. Mr. Larkin ließ nun auch noch den Klüver setzen. Während sich die *La Pascua* immer schneller in Richtung Süden entfernte, stand er auf ihrem Achterdeck und grüßte mit seinem Zylinder hinüber zur *Mermaid*.

7

Nach dem Abschied der *La Pascua* lief die *Mermaid* in die Bucht ein. Da es sich laut Karte um ein unbesiedeltes Gebiet handelte, war Henry du Valle optimistisch, dass es keine Zeugen des morgendlichen Gefechts gegeben hatte. Sie würden also ihre Wasserfässer ungestört auffüllen können.

Die *Mermaid* ankerte in der Mitte der Bucht, die Breitseiten in Richtung offene See und auf die Mündung des Bachs gerichtet. Nachdem alle Boote zu Wasser gelassen waren, wurden die leeren Fässer über Bord geworfen, zusammengebunden und von den Booten an den Strand geschleppt.

Henry du Valle blieb mit einer Notbesatzung an Bord. Alle anderen mussten beim Füllen der Fässer mit anpacken. Der erfahrene Toppgast[33] Sean Rae wurde als Ausguck auf die Landspitze geschickt. Er stammte von den Orkney-Inseln und war im Felsklettern geübt. Als Kind hatte er auf diese Weise Vogelnester ausgenommen, um zur Ernährung der Familie beizutragen. Für die Kommunikation mit der *Mermaid* war er mit einem kleinen Flaggensatz ausgerüstet worden. Henry du Valle hatte mit ihm einen einfachen Code vereinbart. Um keins seiner Signale zu verpassen, wurde ein Ausguck auf die Besanmarssaling geschickt, der ihn ständig im Auge behalten sollte.

Die Wasserfässer wurden unter den wachsamen Augen des Zahlmeisters gefüllt. Mr. Wise notierte die Nummer jedes Fasses, das anschließend zurück zum Strand gerollt wurde. Dort wurden die Fässer wieder zusammengebunden und

---

[33] Erfahrener Seemann der in der Takelage arbeitet.

zurück zur *Mermaid* geschleppt. Hier begann dann der schwierigste Teil, denn die vollen Fässer mussten nun vorsichtig in den Laderaum gebracht werden, der sich unter der Wasserlinie, tief im Schiffsinnern befand.

Während die Gig die letzte Ladung Fässer zur *Mermaid* schleppte, meldete sich der Ausguck: «An Deck, Ausguck auf dem Felsen signalisiert.» Henry du Valle, der vom Achterdeck aus die Verladearbeiten beobachtete, ließ sich sofort ein Fernrohr geben und setzte es an sein linkes Auge. Tatsächlich schwenkte Sean Rae zwei Flaggen. Es waren rot und gelb. Die gelbe Flagge stand für Kriegsschiff, die rote für feindlich. Henry du Valle befahl: «Mr. Riker, dippen Sie unsere Flagge.» Mr. Riker gab nunmehr dem Signalgast den Befehl: «Flagge dippen». Die Flagge an der Besanrah wurde ungefähr einen halben Meter niedergeholt und dann wieder gehisst. Das war das vereinbarte Bestätigungssignal.

Nun schwenkte Sean Rae eine einzelne gelbe Flagge. Henry du Valle atmete erleichtert aus. Das feindliche Kriegsschiff war auf dem Weg nach Süden. Wieder wurde das Signal bestätigt.

Inzwischen war die Gig längsseits gegangen. Die Fässer wurden nacheinander losgemacht und an Deck gehievt. Von dort ging es unter Deck. Dazu hatte man den achternen Niedergang mit Planken belegt. Die Fässer wurden jeweils mit zwei Tauen gesichert und dann über diese schiefe Ebene hinabgelassen. So ging es von Deck zu Deck bis zum Laderaum weiter. Nach Abschluss der Arbeiten ließ Henry eine Extraration Rum an die erschöpfte Mannschaft ausgeben.

Die Gig kehrte mittlerweile ein letztes Mal an den Strand zurück, um Sean Rae aufzunehmen. Dann wurde der Anker gelichtet und die *Mermaid* verließ die Bucht. Sobald die offene See erreicht war, setzte die tägliche Bordroutine wieder ein. Zunächst wurde die Mannschaft zum Essen gerufen, dann war die Offiziersmesse an der Reihe. Auf der *Mermaid* bestand sie aus Leutnant Townsend, dem Master, dem Zahlmeister und dem Doktor. Auf allen Schiffen der Royal Navy war es das Los des Kommandanten, als letzter zu essen.

Henry überbrückte die Zeit, indem er Sean Rae zu sich rufen ließ. Sean Rae war ein kräftig gebauter Mann mit blonden Haaren, fast schon etwas zu schwer für die Arbeit auf den obersten Rahen. Henry musste daran denken, dass die Bewohner der Orkneys ebenso von den Nordmännern abstammten, wie seine normannischen Vorfahren. «Das hat gut geklappt mit den Signalen, Mr. Rae», begann Henry. «Nennen Sie mich doch lieber Sean oder Rae, Sir. Ich bin nur ein einfacher Seemann», antwortete Sean Rae bescheiden. Henry nickte. Dann fragte er: «Was kannst Du mir über das feindliche Schiff sagen?» «Das war eindeutig ein Spanier, Sir, so mit roten Kreuzen auf den Segeln. Ein Zweidecker, würde ich sagen.»

Henry du Valle dachte bei sich, dass die ausgelaufenen Wasserfässer vielleicht ein glücklicher Umstand waren. Sie hatten ihm nicht nur eine schöne Prise beschert, sondern vielleicht auch eine unangenehme Begegnung mit einem überlegenen Gegner erspart. An Sean Rae gewandt sagte er: «Danke, das war alles, Rae. Lass Dir von Jeeves ein ordentliches Glas Rum geben.»

Henry blieb mit seinen Gedanken zurück. Was war er doch für ein Glückspilz gewesen, seit er die *Prince Rupert* verlassen hatte. Mehr als einmal hatte er brenzlige Situationen völlig unbeschadet überstanden. In vielen Gefechten blieb er unverletzt, sah man einmal von dem Gefecht ab, das zur Eroberung der heutigen *Mermaid* führte. Mehr als einmal war er nur knapp einer Gefangennahme entgangen. Und er hatte die Liebe seines Lebens gefunden. Wie lange noch würde sein Glück anhalten, bis das Pendel in die andere Richtung ausschlug?

8

Die *Mermaid* befand sich leicht nördlich der Mündung der Aude, als der Poniente einschlief. Er wurde durch einen kühlen Wind abgelöst, der aus Nord bis Nordwest wehte. Joseph Townsend und Mr. Ellis machten besorgte Gesichter. «Es sieht ganz danach aus, dass wir einen Mistral bekommen», sagte Joseph Townsend zu Henry du Valle. «Wenn wir Glück haben, bleibt es bei diesem kühlen Lüftchen, aber ich rechne eher mit einem ausgewachsenen Sturm, Sir», ergänzte der Master.

Jeder Kommandant tat gut daran, die Warnungen seines Masters ernst zu nehmen. Deshalb ließ Henry du Valle alle Segel, bis auf die Marssegel und die Klüversegel, einholen. Tatsächlich wehte der Wind immer stärker und es wurde merklich kälter. Auch der Seegang nahm zu und die leuchtend blaue See färbte sich zunehmend schmutzig grau. Es waren jedoch keine langen Roller, wie im Atlantik, sondern niedrigere Wellen, die dafür in kürzeren Abständen kamen. Henry du Valle fühlte sich an die Ostseewellen erinnert. Je stärker der Mistral blies, desto mehr Fälle von Seekrankheit gab es unter der Besatzung. Davon waren nicht nur Neulinge betroffen.

Trotz des Mistrals kam die *Mermaid* Toulon immer näher und Henry du Valle rechnete fast stündlich damit, dass das britische Geschwader in Sicht kam. Schließlich ertönte der lang erwartete Ruf von der Fockmarssaling: «An Deck, Segel zwei Strich Backbord voraus!» Henry du Valle, der zufälligerweise an Deck war, nahm sich sein Fernrohr und enterte auf. Der Ausguck machte ihm Platz und zeigte dann mit dem rechten Arm die Peilung. Henry setzte sein

Fernrohr an. Die heftigen Schiffsbewegungen waren auf dem Mast noch stärker zu spüren als an Deck. Mit dem Fernrohr den Horizont abzusuchen, war unter diesen Umständen fast unmöglich. Schließlich gab Henry auf und suchte mit bloßen Augen nach dem gesichteten Schiff. Tatsächlich, da war es. Offenbar handelte es sich um einen Zweidecker, der den noch immer heftig wehenden Mistral abritt. «Ich glaube, es ist die *Orion*, Sir», sagte der Ausguck. «Sehr gut, Jenkins, Du hast verdammt gute Augen», antwortete Henry. Er enterte ab und begab sich aufs Achterdeck.

«Es scheint die *Orion* zu sein», sagte Henry du Valle zu Joseph Townsend. Dann wandte er sich an den Quartermaster: «Gehen Sie so dicht wie möglich an den Wind, damit wir die *Orion* erreichen, Mr. Neals.» Der Quartermaster bestätigte. Joseph Townsend fragte: «Ist das nicht das Schiff von Captain Saumarez, Sir?» «Richtig, er war mit ihr in der Schlacht bei Kap St. Vincent dabei», bestätigte Henry. «Unsere Familien sind übrigens Nachbarn auf Guernsey», ergänzte er.

Nach einer Weile war die *Orion* auch vom Deck aus sichtbar. Henry du Valle befahl: «Mr. Nutton, setzen Sie unser Erkennungssignal und den Geheimcode.» Der Midshipman suchte die entsprechenden Flaggen heraus, die wenig später an der Besanrah und dem Großmast emporstiegen. Die *Orion* antwortete mit den entsprechenden Signalen. Dann stieg ein weiteres Signal an der Besanrah empor. «Sir, die *Orion* signalisiert, *Mermaid* längsseits kommen», rief Mr. Nutton. «Mr. Neals, gehen Sie längsseits», befahl Henry du Valle.

Zehn Minuten später liefen beide Schiffe auf Parallelkurs. Die *Orion* war ein Zweidecker mit vierundsiebzig Kanonen. Captain Saumarez stand auf ihrem Achterdeck. Er hielt ein Sprachrohr am Mund und rief: «*Mermaid* ahoi, haben Sie Post für uns?» Henry antwortete ebenfalls mit einem Sprechrohr: «Ja Sir, wir haben Post für Sie und Depeschen für Sir Horatio!» Von der *Orion* wurde ein Tau herübergeworfen. Der erste Versuch war zu kurz, aber beim zweiten Versuch bekam ein Bootsmannsmaat das Tau zu fassen. Henry du Valles Schreiber kam eilig an Deck gelaufen. Er brachte den Postsack der *Orion*. Der Sack wurde am Tau befestigt. Außerdem wurde noch eine Sorgleine angebracht, um zu verhindern, dass die Post im Wasser landete. Dann wurde der Postsack nach oben gezogen.

Captain Saumarez dankte grüßend und rief dann: «Das Flaggschiff befindet sich ungefähr fünf Seemeilen nordöstlich!» Henry du Valle grüßte zurück, indem er seinen Zweispitz lüftete. Dann gab er Befehl zur Kursänderung. Während die *Mermaid* das Heck der *Orion* kreuzte, rief Captain Saumarez von oben: «Sie haben ein schönes Schiff, Captain du Valle!» Henry grüßte erneut mit seinem Zweispitz und rief zurück: «Danke, Sir!»

Sobald die *Orion* umrundet war, kamen in der Ferne die anderen Linienschiffe des Geschwaders in Sicht. «Das sind die *Vanguard* und die *Alexander*», sagte Henry du Valle zu Joseph Townsend. «Die *Vanguard* scheint in Schwierigkeiten zu sein», meinte der Leutnant. Tatsächlich hatte die *Vanguard* ihren Fockmast und die Brahm- und Marsstengen des Großmasts verloren. Sie trieb unter einer Notbesegelung dahin und war manövrierunfähig. Offenbar hatte das Schiff die schlimmsten Auswüchse des Sturms abbekommen. Auf der *Alexander* versuchte man, ein Tau auszubringen, um sie in Schlepp zu nehmen. Aber alle Versuche, mittels einer Wurfleine das Deck der *Vanguard* zu erreichen, scheiterten. Der noch immer recht starke Seegang ließ eine allzu dichte Ännäherung der beiden Dickschiffe nicht zu – zu groß war die Gefahr, dass die Schiffe aneinanderstießen und die sich verhakenden Takelagen zu größeren Schäden führten. «So wird das nichts», stellte Henry nach einer Weile fest. Er dachte kurz nach und befahl dann, die *Mermaid* in den Windschatten der *Alexander* zu steuern.

Dann rief Henry den Bootsmann zu sich. «Mr. Miles, lassen Sie meine Gig in Lee aussetzen. Ich werde versuchen, das Schlepptau der *Alexander* zur *Vanguard* zu bringen. Es sollen mich nur Freiwillige begleiten», befahl er. Bei Sturm war es immer ein Risiko, ein Boot auszusetzen. Zwar bot die *Alexander* einen gewissen Windschatten, der durch den Rumpf der *Mermaid* noch etwas verstärkt wurde, doch es blieb äußerst riskant. Dem Master gab er noch Befehl, der *Alexander* zu signalisieren, was er vorhatte.

Nach mehreren Versuchen gelang es dem Bootsmann, die Gig zu Wasser zu lassen. Er hatte ihren Rumpf mit dicken Fendern versehen, um Schäden an der *Mermaid* und der Gig vorzubeugen. Nun hieß es, die Gig zu bemannen. Da die *Mermaid* keine sehr hohe Bordwand besaß, konnte man in die Gig springen. Den meisten Männern gelang das, zwei von ihnen landeten jedoch im Wasser. Sie konnten aber an Bord der Gig gezogen werden. Henry sprang als letzter, und Charlie Starr und Sean Rae fingen ihn auf. Nachdem er neben seinem Bootssteurer Platz genommen hatte, stieß die Gig von der *Mermaid* ab. Henry du Valle ließ kurz seinen Blick schweifen. Er stellte fest, dass sich seine komplette Bootsbesatzung freiwillig gemeldet hatte.

Charlie Starr steuerte die Gig unter das Heck der *Alexander*. Von oben wurde ein Tau herabgelassen. Immer wieder wollte der Sturm die Gig gegen den mächtigen Schiffsrumpf drücken. Deshalb musste die Übergabe mehrmals abgebrochen werden. Die Gig ging auf sicheren Abstand und arbeitete sich dann wieder an die *Alexander* heran. Schließlich gelang es, das Tau mit einem Bootshaken heranzuziehen. An diesem Tau war die schwere Schlepptrosse befestigt.

Nun wurde die Gig zur *Vanguard* gerudert, die in rund fünfzig Metern Entfernung trieb. Hier ging die Gig in sicherer Entfernung von der Bordwand längsseits. Eine dünne Leine wurde herabgeworfen und vom Buggast mit einem Bootshaken herangeholt. Sean Rae verband gekonnt mit einem Trossenstek aus zwei großschlaufigen Palsteks[34] die Leine mit dem Tau. Dann wurde die Leine wieder eingeholt. Die Schleppverbindung zwischen *Alexander* und *Vanguard* war damit hergestellt.

Die Gig drehte ab und strebte zurück zur *Mermaid*. Auf dem Achterdeck der *Vanguard* stand eine zierliche Gestalt in Admiralsuniform, die ihren Zweispitz grüßend in der linken Hand hielt.

---

[34] Trossenstek und Palstek sind typische Seemannsknoten

9

Die Rückkehr der Gig zur *Mermaid* gestaltete sich recht schwierig. Bei dem immer stärker werdenden Seegang war an ein Einholen des Bootes nicht zu denken. Henry du Valle ließ den Segelmast aufrichten und das kleine Segel setzen. Damit war die Gig nicht mehr auf die Riemen angewiesen und die Ruderer konnten sich auf das Übersetzen zur *Mermaid* konzentrieren. Der alten Navytradition folgend verließ Henry als Erster die Gig. Er wartete, bis sie sich auf Höhe der Großmastrüsten befand und sprang hinüber. Henry bekam die Wanten zu fassen, zog sich hoch, fand einen Tritt für die Füße und kletterte an Bord. Seinem Beispiel folgend verließ die Bootscrew nacheinander die Gig.

Schließlich war nur noch Charlie Starr an Bord der Gig. Ihm wurde ein Tau zugeworfen, mit dem die Gig in Schlepp genommen wurde. Der Bootssteurer holte das Segel ein und legte den Mast wieder um. Nun begab er sich in den Bug. Vom Heck der *Mermaid* wurde ihm ein weiteres Tau zugeworfen, mit dessen Hilfe er sich an die Sloop heranzog. Als er dicht genug war, stieß er sich vom Bug der Gig ab und schwang an dem Tau gegen das Heck der *Mermaid*. Nun konnte Charlie Starr nach oben klettern. Dabei wurde er von Jeeves kritisch beäugt, der um die prächtigen Heckfenster fürchtete.

Auf dem Achterdeck wurde Charlie Starr von Henry in Empfang genommen. «Gut gemacht, Mr. Starr», sagte dieser. Der Bootssteurer war vom Aufstieg noch außer Atem, weshalb er lediglich die Knöchel der rechten Hand an die Stirn führte, um seinem Kommandanten zu salutieren.

Henry richtete dann das Wort an die gesamte Bootsbesatzung, die noch immer heftig atmend total erschöpft auf den Decksplanken lagen oder saßen: «Männer, ich bin stolz auf euch, das war feinste Seemannschaft! Ihr habt euch alle eine doppelte Rumration als Belohnung verdient.» Ein zwar müdes, aber dennoch stolzes «Hurra!» war die Antwort.

«Das Flaggschiff signalisiert», meldete Mr. Nutton. Mit Hilfe seines kleinen Signalbuchs entzifferte er die Nachricht. «*Mermaid* gut gemacht», las er dann. Nachdem er das Bestätigungssignal gesetzt hatte, erschien an der Besanrah der *Vanguard* ein weiteres Signal. «Das Flaggschiff fragt nach Post», sagte Mr. Nutton. «Bestätigen Sie», befahl Henry du Valle.

Die *Mermaid* steuerte die *Vanguard* an und ging im Lee des Zweideckers auf Parallelkurs. Zum Glück ließ der Wind jetzt etwas nach. Wie zuvor bei der *Orion* wurde nun der Postsack übergeben. Anschließend schloss die *Mermaid* zur *Alexander* auf und übergab auch deren Post. Nachdem nun das gesamte Geschwader mit Post versorgt war - die kleineren Schiffe befanden sich nicht in der Nähe - nahm die *Mermaid* im Lee der in Kiellinie fahrenden Schiffe ihre Marschposition ein.

Am Morgen des folgenden Tages fand das Geschwader im Windschatten von San Pietro Schutz. Diese kleine Insel vor der Südwestküste Sardiniens, deren hohe Berge in der Ferne sichtbar waren, war nur dünn besiedelt. Vertreter der sardischen Obrigkeit fehlten hier ganz, was für das kleine britische Geschwader vorteilhaft war, denn genau genommen war das Königreich Sardinien mit Frankreich verbündet. Tatsächlich befand sich das Königreich in einer recht unangenehmen Lage. Im Ergebnis von General Bonapartes Italienfeldzug hatte es das Herzogtum Savoyen und die Grafschaft Nizza an Frankreich verloren. Von den Festlandbesitzungen war nur noch das Herzogtum Piemont übriggeblieben, wo allerdings französische Besatzungstruppen standen. König Karl Emanuel IV. hatte sich auf die Insel Sardinien zurückgezogen, die seiner Familie zwar den Königstitel verschafft hatte, sich aber trotzdem wie ein Verbannungsort anfühlte. Ein eifriger Verbündeter Frankreichs war er ganz sicher nicht, aber solange er nichts von der Anwesenheit britischer Kriegsschiffe vor seiner Küste wusste, blieb zumindest der Schein gewahrt.

Unmittelbar nachdem das Geschwader geankert hatte, wurde Henry du Valle auf das Flaggschiff gerufen. In seiner besten Uniform und mit seinen Befehlen unter dem Arm ließ er sich zur *Vanguard* rudern. Captain Berry empfing ihn mit allen Ehren und geleitete ihn dann zur großen Kajüte, in der Sir Horatio Nelson residierte.

Der Posten vor der Kajüte meldete laut: «Commander du Valle von seiner Majestät Sloop *Mermaid*!» Die Tür zur Kajüte wurde von einem Leutnant geöffnet. «Treten Sie ein, Commander», sagte er und gab den Weg frei. Die große Kajüte wurde durch die Fenstergalerie am Heck hell erleuchtet und Henry du Valle fühlte sich leicht geblendet, so dass die zierliche Gestalt, die vor einem der beiden mittleren Fenstern stand, wie von einer Aura umstrahlt wurde. Abgesehen davon registrierte Henry du Valle einen nüchtern und zweckmäßig eingerichteten Raum, der einen großen Esstisch mit vielen Stühlen, eine kleine Anrichte, ein kleines Bücherregal und einen Schreibtisch mit Stuhl enthielt. Henry fragte sich, ob die Bescheidenheit der Kajüte auf Nelsons Herkunft als Pfarrerssohn oder fehlendes Prisenglück zurückzuführen war.

Sir Horatio Nelson drehte sich um und trat auf Henry du Valle zu. Im Näherkommen konnte ihn Henry nun viel besser sehen und überrascht stellte er fest, wie zerbrechlich der Admiral wirkte. Nelson streckte ihm die linke Hand entgegen. «Herzlich willkommen, Captain du Valle, welche glückliche Fügung hat Sie zu uns geführt?», fragte der Admiral. «Sir Peter Parker hat mich ins Mittelmeer entsandt und gab mir bei dieser Gelegenheit Post und Depeschen für Sie und Ihr Geschwader mit, Sir Horatio», antwortete er. Nelson nickte und sagte dann: «Nun, die Post und die Depeschen haben Sie mir ja gestern nach Ihrer Heldentat bereits zukommen lassen.» «Sie sind zu gütig, Sir Horatio, ich habe doch nur meine Pflicht als Seemann getan», entgegnete Henry du Valle leicht errötend. Sir Horatio lächelte: «Sie sprechen wie Captain Saumarez, der, soweit ich weiß, ein Landsmann von Ihnen ist.» «Wir sind Nachbarn», bestätigte Henry du Valle. Sir Horatio bat Henry, an dem großen Tisch Platz zu nehmen. Zu dem Leutnant gewandt, der noch immer hinter Henry stand, sagte Nelson: «Schicken Sie mir bitte den Stewart, Leutnant Capel, ich möchte ein wenig mit Captain du Valle plaudern.»

Kurz nachdem der Leutnant die Kajüte verlassen hatte, trat ein Stewart ein, bei dem der Admiral eine Flasche Rheinwein bestellte. In der Zwischenzeit hatte er sich gegenüber von Henry du Valle an den großen Tisch gesetzt. Henry nutzte die kurze Atempause, um Sir Horatio etwas genauer zu mustern. Er trug eine prächtige Admiralsuniform mit den Insignien eines Konteradmirals. Der rechte Ärmel war in den Uniformroch gesteckt worden. Den Arm hatte er vor einigen Monaten auf Teneriffa verloren und man sah seinem Gesicht noch immer die Anstrengungen dieser Verwundung an. Der Blickfang des Uniformrocks war der aufgestickte Stern des Bathordens auf der linken Brust.

«Nun, Captain du Valle», nahm Sir Horatio das Gespräch wieder auf, «Sir Peter äußert sich in seiner Depesche etwas vage zu Ihrer Aufgabe im Mittelmeer. Dürfen Sie mir etwas mehr dazu verraten?» «Aye, Sir Horatio», antwortete Henry du Valle, «Sir Peter Parker hat mir zwei Befehle erteilt. Offiziell soll ich die Barbareskenküste beobachten und darüber berichten, wie die Korsarenstädte auf die bevorstehende Aktion der Franzosen reagieren.» «Und inoffiziell?», fragte Nelson.

Die Tür öffnete sich und der Stewart trat mit dem bestellten Wein und zwei Gläsern ein. Nachdem er eingeschenkt hatte, verließ er die Kajüte wieder und Henry du Valle antwortete: «Inoffiziell soll ich die Augen offenhalten und Sie, Sir, auf der Suche nach den Franzosen unterstützen.» Sir Horatio lächelte und sagte: «Noch sind die Franzosen ja in Toulon.» «Natürlich Sir», stimmte Henry zu, «Aber Sir Peter war sich sicher, dass sie einen Sturm, der uns von der Küste vertreibt, für ihren Ausbruch nutzen werden.» Urplötzlich verdüsterte sich Nelsons Miene, doch Sekunden später zeigte er wieder sein herzliches Lächeln. «Zurzeit sind ja meine Fregatten vor Toulon auf Station, das wird den Franzosen die Lust auf einen Ausbruch nehmen», sagte er dann. «Sir Peter meinte, dass man Ihnen viel zu wenige Fregatten gegeben hat, Sir Horatio», entgegnete Henry. Der Admiral nickte zustimmend und meinte: «Ja, diese wenigen Fregatten sind ein Problem, aber was sollte Lord St. Vincent machen, wo sie ihm doch auch an allen Ecken und Enden fehlen.»

Jetzt erinnerte sich Nelson an seine Pflichten als Gastgeber und erhob das Glas. «Auf Ihre Heldentat, Captain», sagte er. «Danke, Sir», stotterte Henry, dem es peinlich war, erneut auf diese Selbstverständlichkeit angesprochen zu werden. Sir Horatio lächelte kurz, dann wurde er wieder ernst und sprach wie zu sich selbst: «Die große Frage ist und bleibt, was die Franzosen planen. Aus den Geheimdienstberichten geht herzlich wenig hervor. Sir Peter schreibt mir, dass den Machthabern in Paris dieser General Bonaparte zunehmend unheimlich wird. Deshalb vermutet er, dass man ihm einen Befehl erteilt hat, der ihn möglichst weit weg von Paris führen wird.» Der Admiral hielt kurz inne, dann sah er Henry direkt an und fragte: «Hat er mit Ihnen darüber gesprochen? Seinem Brief entnehme ich, dass er sehr große Stücke auf Sie hält.» «Leider wusste er viel zu wenig und war auf Mutmaßungen angewiesen. Davon, dass man Bonaparte nicht in Paris haben will, hat er gesprochen, aber er sagte mir nicht, welches Ziel für ihn das wahrscheinlichste wäre», antwortete Henry du Valle.

«Und was würden Sie persönlich vermuten?», hakte Nelson nach. Henry überlegte kurz und antwortete dann zögernd: «Dass es um eine Invasion geht, dürfte auf der Hand liegen.» Sir Horatio nickte zustimmend und sagte: «Über das Was besteht kein Zweifel, nur das Wo ist die große Frage. Also frei heraus, tun Sie einfach so, als wären

Sie der Admiral.» «Ich würde zunächst zwei Dinge ausschließen, eine Invasion Englands…», antwortete Henry. «Warum würden Sie England ausschließen?», unterbrach ihn Sir Horatio. Henry holte kurz Luft und sagte: «Weil es eigentlich auf der Hand liegt. Die Franzosen würden die Hauptmacht der Invasion nicht aus dem Mittelmeer entsenden, sondern die kurze Strecke über den Kanal wählen. Dort ist aber alles ruhig.» «Sehr gut geschlussfolgert», stimmte Nelson zu, «Dann bleiben sie also im Mittelmeer. Fahren Sie fort, Captain.» Henry du Valle sagte: «Ich würde auf Sizilien landen, nur scheinen mir Flotte und Streitmacht dafür einfach zu groß, das sollte mit weniger Truppen möglich sein.» «Es sei denn, er plant, im Anschluss Italien von Süden aufzurollen», warf Nelson ein. «Was ihn aber wieder näher an Paris brächte», gab Henry zu bedenken. Sir Horatio nickte zustimmend und sagte: «Ich persönlich neige ja dazu, irgendein Himmelfahrtsunternehmen zu vermuten, also etwas, das ihn scheitern lässt. Und sollte er wider Erwarten erfolgreich sein, profitiert Frankreich davon.» «Also Indien oder die Karibik?», fragte Henry du Valle.

Der Admiral zuckte mit den Schultern. Dann goss er mit seiner linken Hand beiden Wein nach und wechselte plötzlich das Thema. «Sie sind nicht der erste du Valle, den ich kennenlerne», sagte er. «Mein Vater sagte mir, dass er mit Ihnen auf der *Bristol* war, Sir Horatio», antwortete Henry. Nelson nickte lächelnd. «Es kommt mir vor, als sei eine Ewigkeit seitdem vergangen», meinte er dann, «Ihr Vater war ein guter Offizier. Ich hörte, er habe die Navy verlassen.» «Ja, er musste die Navy verlassen, um sich um den Familienbesitz zu kümmern, aber im Herzen blieb er der

Navy verbunden», erklärte Henry. Die beiden Offiziere leerten die letzten Gläser. Kaum hatten sie die Gläser wieder abgesetzt, öffnete sich die Tür und der Leutnant trat ein.

«Captain Berry möchte mit Ihnen über die Reparatur sprechen, Sir Horatio», meldete er. «Er soll kommen, wir sind hier fertig», antwortete Nelson. Er stand auf und Henry tat es ihm nach. Nelson gab Henry die Hand und sagte: «Es war mir eine Freude, Sie kennenzulernen, Captain du Valle. Grüßen Sie Ihren Vater von mir und halten Sie für mich die Augen offen.» Henry du Valle verabschiedete sich und verließ die Kajüte. Er war zutiefst beeindruckt. Sir Horatio hatte eine Energie ausgestrahlt, die er bisher bei keinem anderen Vorgesetzten erlebt hatte, Sir Sidney Smith vielleicht ausgenommen. Zugleich nahm er mit seiner offenen und herzlichen Art die Menschen für sich ein und gab ihnen das Gefühl, dass sie ihm wichtig sind. Nach diesem Gespräch wäre er für Konteradmiral Nelson durchs Feuer gegangen.

10

Die schwer beschädigte *Vanguard* konnte jede helfende Hand gebrauchen. Henry du Valle schickte deshalb Mr. Stuart mit der Zimmermannsgang auf die *Vanguard*. Nur ein Zimmermannsmaat blieb für alle Fälle auf der *Mermaid* zurück, denn die Wartezeit bis zum Abschluss der Reparaturarbeiten wollte Henry sinnvoll nutzen. Da er noch die Postsäcke für die Fregatten des Geschwaders an Bord hatte, bat er um Erlaubnis, das Geschwader verlassen zu dürfen und nahm Kurs auf Toulon.

Der Mistral war inzwischen eingeschlafen und ein warmer Ostwind brachte die *Mermaid* langsam ihrem Ziel entgegen. Joseph Townsend und der Master waren sich einig, dass eine Flaute drohte. Aber zunächst stand der Wind noch durch. Nach dem Sturm war die See noch immer wie leergefegt. Die meisten Handelsschiffe hatten den Mistral wahrscheinlich in einem der zahlreichen kleinen Häfen abgewartet.

Im Löwengolf sichtete der Ausguck eine Feluke[35] auf Südkurs. Henry du Valle befahl, Kurs auf sie zu nehmen. Zu Ihrer Beruhigung ließ er die Trikolore hissen. Die Feluke setzte daraufhin die spanischen Farben. Als sich die *Mermaid* fast auf Kanonenschussweite genähert hatte, wurde dem Captain der Feluke die Sache doch unheimlich. Vielleicht waren ihm einige verdächtige Uniformen an Deck der *Mermaid* aufgefallen. Er ließ die Riemen ausbringen und die Feluke ergriff gegen den Wind die Flucht.

---

[35] Kleines ein- oder zweimastiges Segelschiff im Mittelmeer und auf dem Nil mit trapezförmigen Segeln, aber auch ruderbar.

Henry du Valle war klar, dass er hier keine Chance hatte. Deshalb sah er von einer Verfolgung, die er gegen den Wind kreuzend hätte ausführen müssen, ab und die *Mermaid* ging zurück auf ihren alten Kurs.

Am Abend war Henry du Valle in der Offiziersmesse eingeladen. Zur Feier des Tages war der letzte Hammel geschlachtet worden. Als ranghöchster Offizier nach dem Kommandanten war Joseph Townsend der Messevorstand und somit der Gastgeber des Abends. Neben ihm gehörten noch Mr. Ellis, Mr. Harris, der Schiffsarzt und Mr. Wise, der Zahlmeister zur Offiziersmesse. Außer Henry du Valle war noch Mr. Walters als Vertreter des Cockpits[36] eingeladen worden.

Nachdem alle Platz genommen hatten, trugen zwei Marineinfanteristen den Braten auf einer großen Platte herein. Es war an Joseph Townsend, den Braten zu tranchieren. Ein großes Stück wurde mit den besten Empfehlungen an den Bootsmann und die anderen Mitglieder der Deckoffiziersmesse übersandt. Der Hammel erwies sich als ausgesprochen zart, was dem Zahlmeister ein vielstimmiges Lob einbrachte, denn er hatte die Vorräte der Offiziersmesse in Portsmouth aufgefüllt. Ansonsten drehten sich die Gespräche an der Tafel um Henry du Valles Treffen mit Sir Horatio Nelson. Er war Großbritanniens jüngster Admiral und seit seinem Husarenstück in der Schlacht bei Kap St. Vincent[37] in aller Munde.

---

[36] Unterkunft der Offiziersanwärter
[37] Mit einem eigenmächtigen Manöver schnitt er einem Teil der spanischen Flotte den Weg ab und ermöglichte so den britischen Sieg.

Henry du Valle konnte nur immer wieder betonen, wie sehr ihn der Widerspruch zwischen der zierlichen Gestalt und der willensstarken Persönlichkeit beeindruckt hatte. «Ich frage mich, wie es diese fast schon fragile Person schaffen konnte, die Härten des Cockpits und des Krieges zu überstehen», sagte er. Mr. Wise antwortete: «Mr. Harris erzählte mir, dass er im Jahre 73 als Schiffsjunge auf der *Carcass* fuhr und damals erlebte, wie der junge Nelson einen Eisbären erlegte. Er hat ihn bei bitterer Kälte stundenlang auf dem Packeis verfolgt und brach anschließend fast unter dem Gewicht des Fells zusammen, mit dem er zurückkehrte.» «Ich wusste gar nicht, dass unser Segelmacher auf der *Carcass* gedient hat, aber ich kenne die Geschichte von Admiral Lutwidge, bei dem ich mich von meiner Verwundung erholte. Der Admiral war ja damals Kommandant der *Carcass*», erzählte Henry du Valle.

Später, als die Platten mit den Speisen abgeräumt wurden und die Portweinflasche auf den Tisch kam, wurde es Zeit für den Toast auf den König. Traditionsgemäß war es die Aufgabe des Jüngsten an der Tafel, den Toast auszusprechen. Heute war es Graham Walters, der Midshipman. «Gentlemen, der König», sagte er mit hochrotem Kopf. «Der König», antwortete die Runde. «Und auf Sir Horatio», ergänzte Mr. Graham, nun noch weiter errötend, denn diese Ergänzung war eigentlich eine Eigenmächtigkeit des jungen Mannes, die jedoch niemand übelnahm. «Hört, hört!», war die allgemeine Antwort.

Nach dem Toast beschloss man, den schönen Abend auf dem Achterdeck zu genießen. Die Stewarts trugen die Stühle nach oben. Während die Portweinflasche kreiste, drehte sich das Gespräch nun um die kommende Aufgabe der *Mermaid.* «Werden wir die Korsarenhäfen anlaufen, Sir?», fragte Mr. Ellis. «Sicherlich nicht alle, aber den einen oder anderen Hafen, in denen Konsuls der britischen Krone sitzen, werden wir anlaufen», antwortete Henry, «Das ist der einfachste Weg, etwas über die Stimmung unter den Korsarenfürsten zu erfahren.» «Das ist nicht ungefährlich, immer wieder bricht in diesen Häfen die Pest aus», warnte Mr. Harris. Henry nickte und sagte: «Dessen bin ich mir bewusst, wir müssen halt vorsichtig sein. Wir sollten uns vorher über mögliche Vorbeugungsmaßnahmen unterhalten, Doktor.»

Vorn auf der Back stimmte ein Seemann ein altes irisches Volkslied an. Das Gespräch auf dem Achterdeck erstarb und alle hingen ihren Gedanken nach. Henry du Valle sah auf die hellblau fluoreszierende Spur, die sich hinter dem Heck der *Mermaid* in der Dunkelheit verlor.

Der folgende Morgen sah die *Mermaid* unweit der Hafenstadt Toulon. Den Ausguckposten war eingeschärft worden, den Horizont besonders genau zu beobachten. An diesem Morgen wurden ausschließlich erfahrene Männer eingesetzt, die bereits aus großer Entfernung Freund von Feind unterscheiden konnten. Doch der Horizont blieb leer. Von den britischen Fregatten fehlte jede Spur.

Henry du Valle hatte auf der *Vanguard* von Captain Berry erfahren, dass sich das Patrouillengebiet der britischen Schiffe bis zu den Hyerischen Inseln östlich von Toulon erstreckte. Deshalb ließ er diese Inselgruppe ansteuern und letztendlich umrunden. Aber auch hier hielten sich die Fregatten nicht auf. Hatten sie sich etwa in die Bucht von

Toulon hineingewagt, um die Vorbereitungen der Franzosen zu beobachten? Dann hätte man sie eigentlich trotzdem sehen müssen.

Henry ließ die Ungewissheit keine Ruhe. Er befahl Klarschiff. Innerhalb weniger Minuten wurde die *Mermaid* so gefechtsbereit gemacht. Jeder an Bord nahm die ihm zugewiesene Station ein. Randi Neals, der Quartermaster, und sein Maat übernahmen das Ruder. Schließlich meldete Leutnant Townsend förmlich: «Sir, das Schiff ist gefechtsbereit.» «Danke, Mr. Townsend», antwortete Henry ebenso förmlich.

Die *Mermaid* näherte sich nun dem Hafen von Toulon, wobei sie in sicherer Entfernung zu den vorgelagerten Küstenbatterien blieb. Henry hielt es nicht mehr an Deck. Er enterte bis zur Fockmarssaling auf. Soweit er seinen Blick auch schweifen ließ, auch hier war keine britische Fregatte zu sehen. Genau genommen sah er überhaupt kein Schiff. Der äußere Hafen von Toulon war vollkommen leer, im inneren Hafen konnte Henry lediglich zwei abgetakelte Kriegsschiffe sehen, die nicht mehr zum Dienst auf See taugten. Die Franzosen hatten Toulon verlassen.

11

Am Abend des folgenden Tages kam Nelsons Geschwader, das noch immer vor San Pietro lag, in Sicht. Henry hatte das Signal «Feind hat Anker gelichtet» setzen lassen, um Nelson bereits aus der Ferne zu informieren. Das Geschwader war in der Zwischenzeit deutlich angewachsen und umfasste nun dreizehn Vierundsiebziger, einen Fünfziger und eine Sloop. Auch hier war von den Fregatten nichts zu sehen und Henry nahm deshalb an, dass sie sich auf der Verfolgung der französischen Flotte befanden. Die Schäden an der *Vanguard* schienen zumindest notdürftig beseitigt worden sein.

Nachdem die *Mermaid* den Salut für die Flagge des Admirals geschossen hatte, stieg auf dem Flaggschiff das Signal «Kommandant an Bord kommen» auf. Natürlich hatte Henry du Valle damit gerechnet. Er trug seinen besten Uniformrock und seine Gig lag bereits längsseits der *Mermaid*. Henry stieg in die Gig und ließ sich zur *Vanguard* rudern, wo ihn Captain Berry wieder mit dem üblichen Zeremoniell in Empfang nahm und in die Kajüte des Admirals führte.

Sir Horatio Nelson hatte bereits Besuch. Ein hochgewachsener Captain mit graugelockten Haaren stand mit dem Admiral am großen Tisch, auf dem eine Seekarte ausgebreitet lag. Er trug die Haare kurz und überragte Sir Horatio um mehr als einen Kopf. «Ah, da sind Sie ja, Captain du Valle», sagte Nelson, «Thomas, darf ich Dir Captain du Valle von der Sloop *Mermaid* vorstellen. Captain du Valle, das ist Captain Troubridge von der *Culloden*.» Die beiden

Offiziere reichten sich die Hand. Thomas Troubridge hatte einen festen Händedruck, den Henry erwiderte.

«Nun, Captain du Valle, Ihr Signal besagte, dass der Feind die Anker gelichtet hat. Schließe ich daraus richtig, dass die Franzosen Toulon verlassen haben?», fragte Sir Horatio. «Ja, Sir Horatio, ich fand den Hafen und die Reede verlassen vor, bis auf zwei Hulks[38]», antwortete Henry du Valle. «Und haben Sie eine Idee, welchen Kurs die Franzosen eingeschlagen haben?», hakte der Admiral nach. «Leider nein, denn ich bin nicht auf unsere Fregatten getroffen, vermutlich verfolgen sie den Feind», sagte Henry. Thomas Troubridge schüttelte bekümmert den Kopf und sagte: «Leider ist das nicht der Fall. Sie sind mir auf dem Weg hierher begegnet. Weil sie von den Schäden der *Vanguard* wussten, wollten sie sich nach Gibraltar zurückziehen und dort auf Sir Horatio warten.» «Leider stehe ich nun fast vollständig ohne Aufklärungsschiffe da», bestätigte Sir Horatio. «Sir, ich stehe Ihnen mit meiner *Mermaid* zur Verfügung!», rief Henry du Valle aus. «Dafür danke ich Ihnen, doch zuvor müssen Sie Ihren Auftrag ausführen», sagte der Admiral, «Doch ich vergesse meine Pflichten als Gastgeber.» Er gab einem Diener ein Handzeichen, worauf dieser ein leeres Weinglas brachte und es aus einer auf dem Tisch stehenden Flasche füllte.

Die drei Männer tranken sich im Stehen zu und Sir Horatio wandte sich an Henry du Valle: «Erfüllen Sie Ihren Auftrag so schnell wie möglich, desto eher können Sie mich mit Ihrer Sloop unterstützen.» Nun wandte sich Nelson wieder

---

[38] Abgetakelte Kriegsschiffe, manchmal als Wohn- oder Gefängnishulk verwendet

der Seekarte zu und sagte: «Die große Frage ist und bleibt, was das Ziel der Franzosen ist. Leider tappt man da auch in London noch immer im Dunkeln.» «Ich vermute, dass sie zunächst die in Genua versammelten Schiffe abholen werden, danach wäre Sizilien ein logisches Ziel», meinte Troubridge. «Unser junger Freund hier hat mir diesen Gedanken ausgeredet, weil die Streitmacht dafür viel zu groß wäre», entgegnete Nelson. Thomas Troubridge sah Henry nachdenklich, aber nicht unfreundlich an und nickte. «Aber für Konstantinopel, um die Russen aus dem Mittelmeer zu halten, ist die Armee wiederum viel zu klein», sagte er dann.

«Für mich bleiben genau drei Alternativen. Entweder wollen sie Gibraltar angreifen, oder in die Karibik durchbrechen», erklärte Nelson. «Und die dritte Möglichkeit?», fragte Thomas Troubridge. «Die dritte Möglichkeit wäre Ägypten, um von dort aus unsere indischen Besitzungen zu bedrohen», sagte Sir Horatio. «Ägypten?», fragte Thomas Troubridge kopfschüttelnd, «Sir Horatio, wir waren doch in Indien und kennen die dortigen Verhältnisse. Womit wollen die Franzosen uns denn von Ägypten aus bedrohen, mit arabischen Dhaus?» Nelson antwortete lachend: «Nein, Thomas, aber wenn ihre Armee von französischen Schiffbauern mit den notwendigen Hölzern begleitet wird, könnten sie am Roten Meer eine Werft errichten und dort ein Geschwader bauen, das uns sehr wohl gefährlich sein könnte. Es geht ja nicht nur um die reine militärische Macht, es geht auch um die Sicherheit der Handelswege. Wenn wir die nicht mehr garantieren können, würde uns das in den Augen unserer indischen Verbündeten schwach erscheinen lassen. Und wir wissen doch beide um die Wankelmütigkeit indischer Fürsten.»

Sir Horatio lud die beiden Kommandanten ein, gemeinsam mit ihm und Captain Berry das Dinner einzunehmen. Henry du Valle empfand das als große Ehre, war er doch nur ein kleiner Commander, der sein Kommando erst wenige Wochen innehatte. Der Admiral erwies sich als ein sehr angenehmer Gastgeber, der jedem das Gefühl gab, an seiner Tafel ganz besonders willkommen zu sein. Entsprechend entspannt war die Atmosphäre. Jeder bei Tisch trug zur Unterhaltung bei. Henry stellte zu seiner Überraschung fest, dass seine Taten offenbar allgemeines Navygespräch waren.

Zum Abschluss des Abends erhob Sir Horatio Nelson noch einmal das Glas und sagte: «Gentlemen, es ist mir eine ganz besondere Ehre, Englands beste Kommandanten um mich versammelt zu sehen. Das stimmt mich zuversichtlich, dass wir unsere Mission zu einem vollen Erfolg führen werden. Auf Ihr Wohl, Gentlemen - und Tod den Franzosen.» «Tod den Franzosen!», riefen alle begeistert aus.

Als sich Henry vom Admiral verabschiedete, sagte dieser noch einmal: «Ich zähle auf Sie, Captain du Valle. Erfüllen Sie Ihre Mission und seien Sie meine Augen und Ohren.»

12

Bei Sonnenaufgang ließ Henry du Valle die Anker lichten und die *Mermaid* nahm Kurs auf Gibraltar. Wieder wehte der gewohnte Poniente, doch auf dem nun westsüdwestlichen Kurs war er kein hilfreicher Freund mehr, sondern er zwang die *Mermaid* zum Kreuzen und wurde von den Männern als rechte Plage empfunden. Dabei wehte er aber auch nicht stark genug, um in weiten Schlägen Strecke zu machen.

Henry du Valle konnte es kaum erwarten, in Gibraltar die Post loszuwerden und die Fregatten, falls sie dort noch warteten, zu Nelsons Geschwader zurückzuschicken. So lief er fast von Sonnenaufgang bis Sonnenuntergang ruhelos auf dem Achterdeck hin und her, jedes Manöver mit Argusaugen beobachtend, die schiere Ungeduld in Person. Nur zu den Mahlzeiten verschwand er kurz unter Deck. Nachts hielt es ihn kaum in seiner Koje. Immer wieder kam er an Deck, um nach dem Rechten zu sehen. Sobald es dämmerte, nahm er wieder seine endlosen Runden über das Achterdeck auf. Manchmal hielt es ihn nicht mehr auf seinem geheiligten Achterdeck, dann lief er über das gesamte Deck, hier eine Schot dichter holend, dort ein Fall kontrollierend. Immer wieder sprach er mit dem Master und Joseph Townsend, ob man mehr Segel setzen sollte, um mehr Wind einzufangen, oder Segel reffen, um den Bug weniger tief ins Wasser eintauchen zu lassen. Henry tat wirklich alles, um die *Mermaid* schneller voranzutreiben, allein in dieser kümmerlichen Brise ging es ganz einfach nicht schneller voran.

Jeden Tag zur Mittagszeit bestimmte Mr. Ellis ihre Position. Henry nahm dann immer die Seekarte zur Hand und stellte Tag für Tag ernüchtert fest, dass sie nur ein kümmerliches Etmal zurückgelegt hatten. Was Henry ganz besonders bedrückte, war die Tatsache, dass der Wind anderswo im Mittelmeer offensichtlich kräftig wehte, denn die *Mermaid* schwamm in einer kräftigen Dünung.

Manchmal sichtete der Ausguck ferne Segel und wenn Henry dann aufenterte, konnte er sehen, wie diese Schiffe schnelle Fahrt machten. Mehr als einmal ließ er die *Mermaid* Kurs auf diese Gebiete nehmen, doch der schwache Wind kam mit ihnen. Besonders die erfahrenen Seeleute machten bedenkliche Gesichter. Gab es etwa einen Jonas an Bord? Aber wie konnte das sein, die Mannschaft war jetzt schon länger zusammen. Niemand war neu an Bord gekommen und bisher hatte man doch auch immer Glück gehabt.

Selbst Henry du Valle machte sich Gedanken über Glück und Pech. Natürlich glaubte er nicht an einen Jonas, aber er fuhr lange genug zur See, um auch langanhaltende Pechsträhnen erlebt zu haben. Und hatte er sich nicht selbst vor nicht allzu langer Zeit gefragt, wie lange sein sagenhaftes Glück Bestand haben würde?

«An Deck, Segel in Sicht, ein Strich Backbord voraus!», rief der Ausguck und riss Henry aus seinen trübseligen Gedanken. Er ließ sich von Mr. Riker sein Fernrohr bringen und enterte auf zur Fockmarssaling. Sean Rae, der gerade Ausguck war, machte ihm auf der kleinen Saling Platz und zeigte dann mit der rechten Hand nach vorn. «Sehen Sie,

Sir, inzwischen peilen die Segel fast direkt voraus und wandern weiter nach Steuerbord aus», sagte er. Henry konnte die Segel ebenfalls mit bloßen Augen erkennen. Er peilte sie kurz an und hielt das Fernrohr an sein linkes Auge. Das Bild war leicht verschwommen. Henry drehte etwas am Okular und erhielt ein scharfes Bild.

Was er nun sah, war ein einmastiges Segelschiff mit einem großen Lateinersegel. Der Rumpf schien tief im Wasser zu liegen, was auf eine große Ladung hindeutete. «Sieht wie eine Tartane aus», meinte Henry. «Aye Sir, das ist eine Tartane, manche haben nur einen Mast», bestätigte Sean Rae. Die Tartane schien ihren Kurs zu kreuzen. Henry beugte sich etwas vor und rief nach unten: «Zwei Strich nach Steuerbord abfallen. Klarschiff zum Gefecht!»

Während Henry du Valle an einer Pardune[39] nach unten rutschte, wurde es an Deck hektisch. Jeder hatte alle Hände voll zu tun, bis Leutnant Townsend melden konnte: «Schiff ist gefechtsbereit, Sir.» Inzwischen hatte sich die *Mermaid* der Tartane bis auf eine Seemeile genähert. Die Tartane hisste die Trikolore. Offenbar hatte sie die *Mermaid* als französisch erkannt und setzte vollkommen unbekümmert ihren Weg fort.

Nun war es an der *Mermaid*, Farbe zu bekennen. Der Union Jack wurde gehisst und zugleich feuerte der Stückmeister einen Schuss vor den Bug der Tartane ab. Dort rannte man hektisch nach Achtern, um die Flagge einzuholen. Die Tartane kam immer näher und Henry konnte sehen, dass an Bord der Tartane Unruhe entstand. Da war nichts von der

---

[39] Ein Abspannseil für freistehende Masten

78

ruhigen Resignation eines gekaperten Schiffs zu sehen. Schließlich erkannte er es. Ein Seemann fuchtelte mit einer Pistole herum und rief etwas zur *Mermaid* herüber.

Als die Tartane nur noch eine Kabellänge entfernt war, konnte Henry einzelne Wortfetzen verstehen. Offensichtlich hatte die Tartane Schießpulver geladen und der Mann drohte, seine Pistole auf die an Deck gestapelten Fässer abzufeuern. In dieser Entfernung wäre auch die *Mermaid* verloren gewesen.

Henry übersetzte Leutnant Townsend und dem Master die Worte des Franzosen. «Ich fürchte, uns bleibt nichts Anderes übrig, als uns zu entfernen. Vielleicht können wir die Tartane ja mit unseren Jagdkanonen aus sicherer Entfernung versenken», meinte er schließlich. Der Master nickte zustimmend und sagte: «Bevor wir die *Mermaid* verlieren, sollten wir wirklich lieber auf Abstand gehen. Es ist halt nur schade um die schöne Prise, aber Sir Horatio ist eine einsatzbereite Sloop sicher wichtiger als eine Ladung Pulver.»

Henry hörte hinter sich ein verstohlenes Räuspern. Er drehte sich um und sah Sergeant Digby an, der offenbar innerlich fast platzte, aber lieber gestorben wäre als einen Vorgesetzten ungefragt anzusprechen. «Gibt es ein Problem, Sergeant?», fragte Henry. «Nein Sir, aber ich würde mir zutrauen, gemeinsam mit Baldwin den Franzosen auszuschalten, ohne dass er zum Schuss kommt», antwortete Sergeant Digby. Er deutete dabei auf einen pickeligen Marineinfanteristen, der gerade alt genug schien, den Rock des Königs zu tragen. «Sind Sie sich sicher, dass Ihnen das gelingt? Sie wissen doch, dass unser aller Leben auf dem

Spiel steht?», fragte Henry du Valle. «Jawohl Sir, wir sind absolut sichere Schützen, Sir», erklärte Sergeant Digby im Brustton der Überzeugung. Henry dachte kurz nach und sagte dann: «In Ordnung, Sergeant, erklären Sie mir, wie sie es anstellen wollen.»

Wenig später nahmen Sergeant Digby und Private Baldwin hinter dem Besanmast Aufstellung, so dass sie der Franzose nicht sehen konnte. Dieser steigerte sich in eine immer größere Aufregung und war kurz davor, seine Pistole abzufeuern. Der Sergeant zählte leise: «Drei, zwei, eins, Feuer.» Die beiden Schüsse krachten wie ein einziger Schuss und im selben Moment flog die Pistole des Franzosen im weiten Bogen ins Wasser, während er selbst wie vom Blitz getroffen zu Boden ging. Sergeant Digby hatte den Pistolenlauf getroffen, um sicherzustellen, dass ein etwaiger Schuss nicht die Ladung treffen konnte, während Baldwin auf den Kopf des Franzosen gezielt hatte, um ihn sofort zu töten.

Nach diesen Meisterschüssen herrschte Ruhe an Deck der Tartane. Niemand war zu sehen. «Leutnant Townsend, nehmen Sie die Tartane in Besitz», befahl Henry du Valle. Der Kutter wurde zu Wasser gelassen und das Enterkommando setzte zur Tartane über. Nachdem dort alles unter Kontrolle war, meldete Leutnant Townsend mit Hilfe seiner Flüstertüte: «Sir, wir haben die Mannschaft unter Deck gefunden. Der Skipper hat sie dort eingesperrt, um seinen Wahnsinnsplan verwirklichen zu können.» «Danke, Mr. Townsend, lassen Sie die Franzosen auf die *Mermaid* bringen, sicher ist sicher», antwortete Henry.

Joseph Townsend kam selbst mit den Gefangenen herüber und berichtete dann: «Sir, die ganze Tartane ist mit Schießpulver vollgestopft.» «Konnten Sie in Erfahrung bringen wohin das Schießpulver bestimmt ist?», fragte Henry. «Leider nein, aber hier habe ich eine ganze Menge Papiere in der Kammer des Kommandanten gefunden», antwortete der Leutnant.

Henry du Valle nahm die Papiere und überflog ihren Inhalt. Als Einwohner von Guernsey sprach er neben Englisch auch Französisch und den speziellen Dialekt der Normandie. Schließlich hatte er die Antwort gefunden. «Die Tartane ist nach Malta bestimmt. Da die Malteser Ritter keine Freunde der Revolution sind, wollen die Franzosen also die Insel erobern», sagte er. Joseph Townsend sah ihn ungläubig an und fragte: «Was wollen die Franzosen denn mit diesem kargen Felsen im Mittelmeer?» «Es wäre auf jeden Fall eine ideale Nachschubbasis auf dem Weg nach Ägypten», antwortete Henry.

13

Es schien, als hätte die Eroberung der Tartane den Bann gebrochen. Der Wind frischte merklich auf und drehte auf Nordwest. Die *Mermaid* und die Tartane, deren Name *Étincelle* war, machten gute Fahrt. Bereits nach zwei Tagen kam der Felsen von Gibraltar in Sicht. Die Reede war bis auf zwei Ostindienfahrer und eine Kurierbrigg leer. Im Hafen selbst lagen nur das kleine Kanonenboot, das der *Mermaid* und ihrer Begleitung sofort zustrebte, als Henry den Salut für den Gouverneur abfeuern ließ und ein kleiner Zweidecker, der als der Vierundsechziger *Lion* identifiziert wurde.

Während Henry du Valle die üblichen Formalitäten mit dem Kommandanten des Wachboots erledigte, signalisierte die *Lion* «habe Post für Sie». Henry hielt es für angebracht, dem ranghöheren Kommandanten der *Lion* seine persönliche Aufwartung zu machen. Deshalb wurde die Kommandantengig sofort zu Wasser gelassen, nachdem das Wachboot abgelegt hatte.

Henry saß am Heck der Gig neben seinem Bootssteurer Charlie Starr. Als sich die Gig der *Lion* näherten, wurden sie vom Achterdeck aus angerufen. «Boot ahoi!» «*Mermaid*!», antwortet Charlie Starr und zeigte damit an, dass sich der Kommandant an Bord befand.

Der Buggast hakte mit einem Bootshaken in die Großmasttrüsten ein. Direkt daneben befanden sich Holztritte, an denen Henry du Valle nach oben kletterte. An Deck wurde er von Captain Dixon mit einer Ehrenwache der Seesoldaten, einem Trommler und Seiten pfeifenden Bootsmannsmaaten empfangen. Captain Manley Dixon geleitete Henry in sein Quartier und bot ihm einen Platz an einem kleinen runden Tisch vor der Heckgalerie an. Der Kommandant der Lion war ein groß gewachsener Mann mit roten Haaren, die bereits einige graue Strähnen aufwiesen. Trotzdem machte er einen fast jungenhaften Eindruck.

Sobald beide Offiziere saßen, kam ein Stewart und servierte eine Flasche Bordeaux mit zwei Gläsern. Captain Dixon erhob sein Glas und sagte: «Ich freue mich, Sie endlich einmal persönlich kennenzulernen, Captain du Valle. Im Nore-Geschwader spricht man in den höchsten Tönen von Ihnen.» «Zu viel der Ehre», antwortete Henry du Valle verlegen. Manley Dixon bemerkte das und wechselte das Thema. «Haben Sie nicht unter Sir Sidney Smith gedient?», fragte er. «Ja Sir, er hat mich zum Leutnant ernannt und kurz vor seiner Gefangennahme schickte er mich mit allen entbehrlichen Männern zurück auf die *Diamond*.» «Dann wird es Sie freuen, zu hören, dass er aus französischer Gefangenschaft fliehen konnte. Kurz vor unserer Abfahrt aus England traf er in London ein», sagte Captain Dixon. Für Henry war das in der Tat eine freudige Überraschung, verdankte er Sir Sidney Smith doch so viel, «Eine wunderbare Nachricht, Sir, es war doch ein Skandal, dass ihn die Franzosen als Spion behandelten!», rief er aus.

Nachdem sie die Flasche geleert hatten, übergab Captain Dixon die Post der *Mermaid*. Henry du Valle erkundigte sich noch nach Admiral Nelsons Fregatten, doch Manley Dixon konnte nichts dazu sagen. Er war erst kurz vor der *Mermaid* in Gibraltar eingetroffen.

Von der *Lion* ließ sich Henry du Valle an Land rudern, wo er den Hafenkapitän aufsuchte. Von diesem erfuhr er, dass die Fregatten ins Mittelmeer zurückgekehrt waren, um die französische Flotte auf eigene Faust zu suchen. Henry übergab die Postsäcke der Fregatten und erhielt vom Hafenkapitän eine Einladung des Gouverneurs von Gibraltar.

General Charles O'Hara, der Gouverneur von Gibraltar, war ein ältlicher Mann, bei dem der Dienst in den Tropen gesundheitliche Spuren hinterlassen hatte. Er residierte im Convent, einem ehemaligen Kloster. Trotz seiner angeschlagenen Gesundheit war er für seine Mätressen und ausschweifende Feste bekannt. Henry du Valle wurde von ihm in seinem Büro empfangen. Er war nicht allein. Vor einem Fenster stand ein anderer Mann, der mit einem vollkommen schmucklosen schwarzen Rock bekleidet war. Henry vermutete, dass es sich um einen Priester handelte, doch der General stellte ihn als Thomas Hoaxley vom Königlichen Schatzamt vor. «Mr. Hoaxley ist mit einer Mission betraut worden, die sich in gewisser Weise mit ihren Aufgaben deckt», erklärte General O'Hara. Henry sah ihn fragend an. «Er soll sich nach Algier begeben, um die jährlichen Freundschaftsgeschenke an den Dey zu überreichen», fuhr O'Hara fort. Die Bezeichnung Freundschaftsgeschenke war ein purer Euphemismus, denn dahinter verbarg sich nichts anderes als die jährliche Tributzahlung für die Schonung der britischen Handelsschifffahrt vor den Raubzügen der Korsaren von Algier.

«Ich möchte, dass Sie mich und meine Fracht nach Algier mitnehmen und mich anschließend zurück nach Gibraltar bringen», sagte Hoaxley, der sich nun in das Gespräch einschaltete. «Ich habe hier ein Schreiben der Admiralität, das mich berechtigt, die Dienste der Royal Navy uneingeschränkt in Anspruch zu nehmen», fuhr er fort und gab Henry einen Brief mit dem unklaren Anker der Admiralität.

Henry du Valle las den Brief, der alle Offiziere und Mannschaften der Royal Navy anwies, den Anweisungen Mr. Hoaxleys Folge zu leisten. Unterzeichnet war er von Earl Spencer, dem Ersten Lord der Admiralität. «Ich stehe zu Ihren Diensten, Mr. Hoaxley», sagte Henry, während er sich innerlich verfluchte, wegen der Post der Fregatten Gibraltar angelaufen zu haben. «Ich und meine Begleitung werden morgen Mittag zu Ihnen an Bord kommen. Bitte sorgen Sie für angemessene Quartiere für mich, meinen Sekretär und sechs Marineinfanteristen unter Führung eines Leutnants», antwortete Mr. Hoaxley steif.

Die Audienz beim Gouverneur war beendet und Henry du Valle kehrte auf die *Mermaid* zurück. Unmittelbar nach seiner Rückkehr bat er Leutnant Townsend zu sich, um ihm die Neuigkeiten mitzuteilen. «Mit unserer Unabhängigkeit ist es vorerst vorbei, Joseph. Ein Vertreter des Königlichen Schatzamts benutzt unsere *Mermaid* als Transportschiff», sagte er. Leutnant Townsend sah ihn fragend an. «Wie der Zufall es will, erwartete mich beim Gouverneur ein Mr. Hoaxley, der mit einer größeren Summe Geldes zum Dey von Algier will, um diesen zu bewegen, unsere Handelsschiffe in Ruhe zu lassen», erläuterte Henry. «Diese Zahlungen sind ein großer Segen für alle, die ins Mittelmeer fahren. Es ist ja nicht nur eine Frage der Sicherheit, sondern auch der Versicherungskosten», bestätigte Joseph Townsend, dessen Familie in Friedenszeiten regelmäßig Handelsschiffe an die spanische Mittelmeerküste entsandt hatte. Für Henry du Valle war dieser Aspekt neu, denn seine Familie war im Ostseehandel aktiv.

Doch nun galt es, Platz für Mr. Hoaxley und sein Gefolge zu schaffen. «Mr. Hoaxley bekommt die große Kajüte und meine Schlafkabine», legte Henry du Valle fest, «sein Sekretär und der Leutnant der Marineinfanterie sollten Kammern in der Offiziersmesse bekommen. Vielleicht kann Mr. Stuart ein wenig Platz vom Cockpit abknapsen.» «Dann müssen unsere Kadetten ein wenig zusammenrücken, aber es ist ja nur für ein paar Tage», meinte Leutnant Townsend.

14

Es wurde eng auf der *Mermaid*, denn Mr. Hoaxley beanspruchte auch noch einen besonderen Raum für die Aufbewahrung der Geldtruhe. Nachdem dieser Raum geschaffen war, wurde die Truhe unter Bewachung durch die Marineinfanteristen an Bord gebracht. In der Zwischenzeit war auch die Prisenbesatzung der *Pascua* an Bord zurückgekehrt.

Als sich die Sonne als roter Ball dem westlichen Horizont näherte, ließ Henry du Valle die Anker lichten und Kurs auf Algier nehmen. Henry stand auf der Luvseite und schaute hinüber zur afrikanischen Küste, die zunehmend zu einer dunklen Masse wurde. Auf der Breite von Gibraltar ging die Sonne spürbar rascher unter, als er es von seiner Heimatinsel Guernsey gewohnt war.

«Sir, bitte schauen Sie einmal», murmelte plötzlich Mr. Larkin, der die Wache hatte. Henry sah ihn an. Der Steuermannsmaat zeigte in Richtung Gibraltar, wo auf dem berühmten Felsen ein Feuer loderte. Dann wies Mr. Larkin auf das gegenüberliegende afrikanische Ufer. Auch dort war ein Feuer zu sehen. «Mr. Walters, bringen Sie mir mein Nachtglas, wenn Sie so freundlich wären», wandte sich Henry an den Midshipman der Wache. Kurze Zeit später kehrte Mr. Walters mit dem Fernrohr zurück. Henry nahm es und folgte mit ihm der Küstenlinie. Tatsächlich, in größeren Abständen waren weitere Feuer zu sehen. «Das war sehr aufmerksam von Ihnen, Mr. Larkin», lobte Henry du Valle, «Offensichtlich wird unser Auslaufen weitergemeldet.» «Danke, Sir, zu freundlich von Ihnen, Sir», stammelte Mr. Larkin.

Trotz der ernsten Situation musste Henry du Valle lächeln, während er unter Deck ging. Die Zeit als Prisenkommandant hatte Mr. Larkin offenbar an Format gewinnen lassen. Henry klopfte an der Tür zur großen Kajüte. Benson, der blässliche Sekretär Mr. Hoaxleys öffnete. «Sie wünschen?», fragte er hochnäsig. «Ich muss dringend mit Mr. Hoaxley sprechen», antwortete Henry. «Ich bedauere, Mr. Hoaxley möchte nicht gestört werden», entgegnete Benson. «Darauf kann ich leider keine Rücksicht nehmen», sagte Henry und schob den Sekretär mit fester Hand zur Seite. «Was hat das zu bedeuten?», fragte Mr. Hoaxley aufgebracht, als er Henry eintreten sah, «Ich muss mich auf mein Treffen mit dem Dey vorbereiten.» «Das verstehe ich, Mr. Hoaxley, aber zunächst müssen wir überhaupt bis Algier kommen», sagte Henry. «Wie meinen Sie das?», wollte Mr. Hoaxley wissen. «Unser Auslaufen ist nicht unbemerkt geblieben. Momentan läuft eine Kette von Signalfeuern die Küste entlang, um unser Auslaufen zu melden. Wahrscheinlich ist unsere kostbare Fracht kein Geheimnis mehr», berichtete Henry du Valle.

Mr. Hoaxley sah ihn überrascht an. Dann fragte er: «Denken Sie, man wird uns überfallen?» Henry du Valle nickte und sagte dann: «Natürlich gibt es dafür keinerlei Beweise, aber meine Erfahrung sagt mir, dass es einen Grund für die Signalfeuer geben muss. Deshalb würde ich lieber unseren Kurs ändern und weiter von der Küste abhalten.» «Wäre es nicht besser, so schnell wie möglich nach Algier zu segeln?», fragte Mr. Hoaxley. «Nein, denn die Nachricht von unserem Auslaufen ist viel schneller als wir segeln könnten. Nur wenn wir Algier aus einer unerwarteten

Richtung anlaufen, besteht die Chance, unbehelligt an unser Ziel zu kommen», erklärte Henry.

Henry du Valle kehrte an Deck zurück und befahl den Kurswechsel. Schon bald danach verschwand die afrikanische Küste in der Dunkelheit. Die *Mermaid* segelte allein durch die Nacht, aber Henry war sich sicher, dass irgendwo zwischen Gibraltar und Algier ein vorerst noch gesichtsloser Feind auf sie lauerte. Natürlich war Henry klar, dass er einem Kampf kaum ausweichen konnte, auch wenn die *Mermaid* nicht zur erwarteten Zeit dort auftauchte, wo der Feind sie erwartete. Er würde zu Recht annehmen, dass seine Pläne nicht unbemerkt geblieben waren und konnte entsprechend umdisponieren.

Als Henry bei Sonnenaufgang zur Fockmarssaling hinaufstieg, fand er die *Mermaid* von einer leeren See umgeben. Sie wurden also nicht verfolgt. Gegen Mittag kam ein einsames Fischerboot in Sicht. Die Fischer holten gerade ein Netz ein, in dem viele kleine Sardellen zappelten.

Henry überlegte kurz, ob er den Fischer einige Fische abkaufen sollte. Allerdings sagte ihm eine innere Stimme, jeglichen Kontakt lieber zu vermeiden. Sicher, die Fischer hatten die *Mermaid* gesehen, doch aus der Ferne sahen sie nur die französische Bauart und sie würden die Sloop für ein französisches Kriegsschiff halten. Dabei wollte es Henry belassen.

Derweil hatte sich an Bord wieder die übliche Schiffsroutine eingestellt. Die zur Bewachung der Geldtruhe eingeschifften Marineinfanteristen fügten sich nahtlos in die Besatzung ein, ihr Leutnant hielt sich fast ständig in der Offiziersmesse auf und die Passagiere, wie Mr. Hoaxley und

Mr. Benson etwas despektierlich von der Besatzung genannt wurden, ließen sich niemals an Deck blicken. Daneben waren noch zwei Diener an Bord gekommen, die Mr. Hoaxley nicht extra angekündigt hatte. Offenbar verstand es sich für ihn von selbst, dass ein Gentleman wie er ein gewisses Gefolge beanspruchen konnte. Die Diener kampierten in der großen Kajüte und blieben, wie es ihrem Berufsstand zukam, unsichtbar.

Nachdem der Master im Verein mit den Offiziersanwärtern die Mittagsbreite bestimmt hatte, ließ Henry du Valle den Kurs erneut ändern. Die *Mermaid* segelte nun wieder parallel zur afrikanischen Küste. Sie machten gute Fahrt, und wären Henrys Gedanken nicht ständig bei ihrem jetzt noch gesichtslosen Feind gewesen, hätte er es richtig genießen können.

Am Morgen des nächsten Tages befand sich die *Mermaid* nordöstlich von Algier. Nun war es an der Zeit, den Zielhafen anzusteuern, und sich der Bedrohung zu stellen.

15

Es begann schon zu dämmern, als sich in der Ferne das Küstengebirge schemenhaft abzeichnete. Henry du Valle ließ die *Mermaid* beidrehen, um sich Algier bei Tageslicht zu nähern. In Richtung der Küste sah man einige Positionslichter, doch es war nicht klar erkennbar, ob diese zu größeren Schiffen gehörten. Vorsichtshalber ordnete Henry du Valle an, einen Ausguck auch in der Nacht auf dem Mast zu belassen, um eine eventuelle Annäherung rechtzeitig bemerken zu können. Mr. Ellis schniefte zwar ein wenig unwillig, weil diese Maßnahme unüblich war, doch der Befehl des Kommandanten wurde umgesetzt.

Henry du Valle lag in seiner Hängematte, die in der Tageskabine aufgeriggt worden war. Er schlief zwar, doch sein Unterbewusstsein registrierte, wenn an Deck geglast wurde. Und er bekam auch mit, wie die Mittelwache aufzog, die von Mr. Larkin geführt wurde. Kurz nach sechs Glasen spürte Henry, wie jemand seine Schulter berührte. «Sir, bitte kommen Sie an Deck», flüsterte eine Stimme, die Henry als die von Mr. Nutton erkannte. Schlagartig war Henry hellwach. Es musste etwas geschehen sein, wenn man den Kommandanten mitten in der Nacht weckte – und dann noch im Flüsterton. Rasch zog er seinen Uniformrock über, schlüpfte in seine Stiefel und folgte dem Midshipman an Deck.

Auf dem Achterdeck wurde er bereits von Mr. Larkin erwartet. Es war eine mondhelle Nacht. «Was gibt es, Mr. Larkin?», fragte Henry leise. «Der Ausguck glaubt, dass sich uns Boote nähern», antwortete Mr. Larkin flüsternd. «Wer ist im Ausguck?», erkundigte sich Henry. «Rae auf dem Besanmast», sagte Mr. Larkin. «Sehr gut, Mr. Larkin, das ist unser bester Ausguck», lobte Henry du Valle und fuhr fort: «Bitte wecken Sie die Besatzung so leise wie möglich. Die Geschütze werden besetzt, aber ohne die sonst bei Klarschiff üblichen Vorbereitungen. Alle sollen darauf gefasst sein, die Karronaden abzufeuern oder Enterer abzuwehren. Ich gehe nach oben und spreche mit Rae.»

Henry du Valle enterte zur Besanmarssaling auf, wo Sean Rae seinen Ausguckposten hatte. Eigentlich war es merkwürdig, dass der Toppgast von hier aus etwas gesehen hatte, denn der Küste war der Bug der *Mermaid* zugewandt. «Was gibt es, Sean?», fragte Henry, als er die Saling erreicht hatte. «Ich glaube, Boote nähern sich von achtern», antwortete Sean Rae und deutete in die Dunkelheit. Ganz in der Ferne deutete sich der kommende Tag durch einen winzigen hellen Streifen an, doch dieser Streifen in Verbindung mit dem Mondschein genügte, um die heimliche Annäherung von Booten zu verraten. «Ich glaube, es sind drei Boote», sagte Sean Rae. Henry strengte seine Augen an und tatsächlich, die Boote selbst konnte man nicht erkennen, doch drei Paare fluoreszierender Streifen zeigten, wo Riemen ins Wasser getaucht wurden. «Das war wirklich ausgezeichnet Sean. Du hast uns alle gerettet», stellte Henry lobend fest.

Henry du Valle enterte ab. Am Fuß des Besanmastes wurde er von Leutnant Townsend, Mr. Ellis und Mr. Larkin erwartet. «Sean Rae hat sich nicht geirrt. Von achtern nähern sich drei Boote», berichtete Henry du Valle den Wartenden. «Diese Teufel», entfuhr es Mr. Ellis. Henry musste lächeln. Im Gegensatz zu den Meisten an Bord hatte er schon reichlich Gefechtserfahrungen machen müssen, so dass ihn eine erkannte Gefahr kaum aufregen konnte. Deshalb befahl er mit ruhiger Stimme: «Wir platzieren Drehbassen[40] an der Heckreling und laden sie mit gehacktem Blei. Außerdem geben wir Handwaffen an die Besatzung aus und riggen die Enternetze. Und jetzt rasch, Gentlemen, aber mit äußerster Ruhe.»

Es fiel dem Bootsmann zwar schwer, ruhig zu bleiben, denn Mr. Miles verfügte über eine Stimme, die alle Decks eines Flaggschiffs mit Donner erfüllt hätte, doch sein Flüstern war immerhin so gedämpft, dass kein Laut außerhalb der *Mermaid* zu hören war. Es dauerte nur wenige Minuten, bis er Leutnant Townsend melden konnte, dass die *Mermaid* bereit zur Abwehr der Enterer war. Henry stand zwar direkt neben Leutnant Townsend, doch die Marinedisziplin wollte es, dass nun Joseph Townsend dem Kommandanten meldete: «Schiff ist gefechtsbereit, Sir.» «Danke, machen Sie weiter», antwortete Henry du Valle.

Henry stand jetzt am Heck der *Mermaid* und versuchte, die Dunkelheit, mit seinen Augen zu durchdringen. Inzwischen war der schmale Streifen am Horizont auch von Deck aus erkennbar, doch ansonsten konnte er nichts sehen. Dafür war aber zu hören, wie Riemen ganz leise ins Wasser getaucht und durchgezogen wurden. Besonders das Abtropfen des Wassers von den nach vorn geführten Riemen war gut zu hören. Die Boote mochten nun noch eine halbe Kabellänge entfernt sein. Rechts und links von Henry waren insgesamt vier Drehbassen mit Schildzapfen auf der Reling montiert. Sie wurden von den Männern des

---

[40] Leichte, auf Schildzapfen gelagerte Geschütze

Stückmeisters bedient. Sie hockten mit ihren Lunten hinter der Reling und warteten auf Henrys Feuerbefehl.

Endlich kam das erste Boot in Sicht. Es war eine Barkasse, die mit fast fünfzig Männern voll besetzt war. Bei dieser Beladung musste es ein harter Pull für die Männer an den Riemen gewesen sein. Die Barkasse kam rasch näher, aber von den anderen Booten war nichts zu sehen. Nahmen sie die *Mermaid* in die Zange und griffen von drei Seiten gleichzeitig an? Dieser Gedanke schoss Henry blitzartig durch den Kopf. Er wandte sich nach vorn und rief mit lauter Stimme: «Wahrschau, Enterer von Backbord und Steuerbord, Drehbassen – Feuer!»

Helle Blitze erleuchtetem die Dunkelheit und machten die Szenerie für einen kurzen Augenblick deutlich sichtbar. Tatsächlich näherten sich die beiden anderen Boote von den Seiten. Das gehackte Blei der Drehbassen schlug in die Barkasse ein und forderte einen hohen Blutzoll. Laute Schreie gellten durch die Dunkelheit. Henry hatte durch die Lichtblitze seine Nachtsicht verloren und war für einen Moment wie blind. Der neben ihm stehende Master hatte die Augen rechtzeitig geschlossen und konnte deshalb sehen, welche Wirkung die Salve hatte. «Sir, die Barkasse sinkt!», rief er aus.

Als Henry wieder etwas erkennen konnte, sah er, dass der Bug der Barkasse völlig zerfetzt war und das Boot voll Wasser lief. Hilflose Gestalten strampelten im Wasser und versuchten, zur *Mermaid* zu schwimmen. Inzwischen waren die beiden anderen Boote kurz davor, die Bordwände der *Mermaid* zu erreichen. An Steuerbord stand Leutnant Townsend und ließ es sich nicht nehmen, eine Karronade eigenhändig auf den Kutter zu richten und abzufeuern. Der Kutter wurde von der schweren Kugel zerfetzt, Schmerzensschreie und Hilferufe gelten über das Wasser.

An Backbord hatte Mr. Larkin das Kommando. Er ließ den sich nähernden Kutter mit Plunderbüchsen[41] beschießen. Die Plunderbüchsen waren mit gehacktem Blei geladen und forderten einen hohen Blutzoll. Der Kutter blieb zwar intakt, brach aber seinen Angriff ab und wendete hektisch. Offenbar hatte seine Besatzung die Aussichtslosigkeit ihres Unterfangens eingesehen und suchte daher das Weite, ohne sich noch um ihre Kameraden aus den anderen Booten zu kümmern.

Das kurze und sehr blutige Gefecht war beendet. Jetzt galt es, sich um die Überlebenden zu kümmern. Henry du Valle ließ die Gig aussetzen. Zugleich wurden Taue an den Bordwänden herabgelassen, um Schwimmern Halt zu geben.

Es waren Schwimmer, die mit zum Teil stark blutenden Wunden an Bord kamen, während Mr. Nutton mit der Gig weitere Überlebende suchte. Die am stärksten verwundeten Gefangenen wurden zu Dr. Harris ins Cockpit gebracht. Die anderen Gefangenen nahm Henry in Augenschein. Irgendetwas war seltsam. Mr. Ellis brachte es auf den Punkt. «Sir, das sind keine Mauren, das sind Spanier!», rief er überrascht aus.

---

[41] Kurzläufige Gewehre mit trichterförmiger Mündung zum Verschießen von Schrot oder gehacktem Blei

16

Nachdem die Rettungsaktion der Gig abgeschlossen war, zählte man an Bord der *Mermaid* dreiundzwanzig spanische Gefangene. Einige von ihnen waren so schwer verletzt, dass sie den Tag nicht überleben würden. Die unverletzten Gefangenen wurden unter Deck in Eisen geschlossen, damit sie im Falle eines Gefechts nicht zur Gefahr werden konnten.

Als die Sonne aufging, sah man auf der *Mermaid*, dass der Weg nach Algier versperrt war. Bei den Lichtern, die man in der Nacht vor der Küste gesehen hatte, handelte es sich um drei spanische Galeeren[42]. Offenbar waren sie es, die von den Signalfeuern alarmiert worden waren. Henry du Valle vermutete, dass sie aus Ceuta, einem spanischen Hafen an der nordafrikanischen Küste kamen. Die Galeeren hatten ihre Segel gerefft, aber an der Spitze der Großmasten wehten die spanischen Farben.

Henry du Valle sah mit einer gewissen Bewunderung, wie exakt die Riemen eingetaucht wurden, als sich die Galeeren in Bewegung setzten. Es waren sehr leichte und elegante Schiffe, die mit ihren Rammspornen zugleich bedrohlich wirkten. Leutnant Townsend sah Henrys Blick und sagte: «Das sind schöne Schiffe, solange man sie nicht riechen muss.» «Riechen?», fragte Henry. «Ja, die Galeerensklaven sind ständig an ihre Ruderbank gekettet. Sie leben buchstäblich in ihren eigenen Exkrementen. Der Dienst auf ei-

---

[42] Ruderkriegsschiffe, die im Mittelmeer bis ins frühe 19. Jahrhundert eingesetzt wurden.

ner Galeere gilt bei Spaniern und Franzosen zwar als besonders ehrenvoll, aber es stinkt zum Himmel», erläuterte Joseph Townsend. «Wie stark sind sie bewaffnet?», wollte Henry noch wissen. «Sie haben wenige, aber schwere Kanonen. Diese hier sind recht klein, sie werden einen Vierundzwanzigpfünder als Hauptwaffe und zwei Neunpfünder als Jagdgeschütze haben. Dazu kommen dann noch einige Drehbassen», antwortete der Leutnant.

Henry du Valle war beeindruckt. Mit dieser Bewaffnung in Verbindung mit ihrer Beweglichkeit konnten sie selbst einer schweren Fregatte gefährlich werden. Hier stand der *Mermaid* ihre bislang größte Bewährungsprobe bevor. Schlagartig wurde Henry klar, wie verletzlich die *Mermaid* gegenüber diesen Feinden war. Besonders ihr Heck war dem Feind schutzlos ausgeliefert. Aber immerhin gab es einen Punkt, der ihnen zugutekam. Das verlustreiche Scheitern des nächtlichen Bootsangriffs hatte die Besatzungen der Spanier empfindlich dezimiert. «Mr. Potter soll kommen», befahl er. Der Stückmeister kam in seinen Filzpantoffeln an Deck geschlurft. Das grelle Licht blendete ihn nach dem Dämmerlicht in der Pulverkammer, wo er Flanellsäckchen vorsorglich mit Schießpulver gefüllt hatte.

«Da sind Sie ja, Mr. Potter», begrüßte Henry ihn, «Schauen Sie dort drüben, das sind unsere neuen Feinde.» «Galeeren», schnaubte der Stückmeister verächtlich, «Das sind schwimmende Höllen.» «Ja Mr. Potter und weil wir uns nicht auf solch einer Ruderbank wiederfinden wollen, habe ich Sie zu mir gerufen», sagte Henry. «Wie kann ich helfen, Sir?», fragte Mr. Potter. «Nun, ich gehe davon aus, dass uns die Galeeren am Bug und am Heck angreifen werden, weil wir dort am empfindlichsten sind. Sie werden Respekt vor unseren Breitseiten haben, denn sie wissen ja nicht, dass wir nur mit Karronaden bestückt sind, die eine deutlich geringere Reichweite als die üblichen Neunpfünder haben. Und ausgerechnet unser Heck ist vollkommen schutzlos. Ich möchte deshalb, dass eins unserer Jagdgeschütze auf das Hüttendeck versetzt wird, damit wir uns auch dort wehren können», erklärte Henry du Valle. Der Stückmeister nickte verständnisvoll, zwirbelte seinen Bart und fragte dann: «Dürfte ich Ihnen einen Vorschlag machen, Sir?» «Ja natürlich, Mr. Potter, ich bin für jede gute Idee meiner Decksoffiziere[43] offen», antwortete Henry und sah Mr. Potter erwartungsvoll an.

«Sie erinnern sich doch an die Originalbewaffnung unserer *Mermaid*, Sir», sagte Mr. Potter. «Ja», antwortete Henry ein wenig ungeduldig, «Es waren Sechspfünder.» «Und zwei Achtpfünder als Jagdgeschütze», ergänzte Mr. Potter. Daran konnte sich Henry nicht erinnern, denn er war beim Entern der heutigen *Mermaid* schwer verwundet worden und hatte ihr Deck erst Wochen später bewusst betreten, als sie zur Überholung in Chatham lag und ihre Kanonen bereits entfernt worden waren. «Und was ist mit diesen Achtpfündern?», wollte Henry wissen, dem noch immer nicht klar war, worauf der Stückmeister hinauswollte. «Nun Sir, einer dieser Achtpfünder lang unten im Ballast. Mr. Stuart hat ihn gefunden. Es ist ein wunderschönes Stück, viel zu schade um es einzuschmelzen. Vermutlich deshalb legten es die Werftgranden ja auch in den Ballast.»

---

[43] Englisch Warrant Officer, eine Rangklasse zwischen Offizieren und Unteroffizieren, meist Spezialisten

«Bitte kommen Sie auf den Punkt», stöhnte Henry du Valle, der während er Schilderung des Stückmeisters sah, wie sich die Galeeren näherten. Sie waren zwar noch rund fünf Seemeilen entfernt, aber es war schon erkennbar, dass sie in eine Halbmondformation angreifen wollten, um die *Mermaid* von drei Seiten zu umfassen. Mr. Potter war der Grund für die Ungeduld seines Kommandanten vollkommen klar, aber er hatte noch eine Überraschung parat. «Ich konnte das gute Stück nicht so einfach liegen lassen. Also holte ich es in meine Werkzeugkammer und überholte es dort. Außerdem passte ich eine unserer Ersatzlafetten an, so dass wir Kanone und Lafette nur ein Deck nach oben transportieren müssen und dann aus der Heckgalerie heraus auf die Galeeren feuern könnten. Die passenden Kugeln lagen auch im Ballast, nur das Schießpulver ist unser gutes englisches», berichtete er stolz.

Henry war überrascht. Die *Mermaid* war trotz ihrer Vollschifftakelung ein vergleichsweise kleines Schiff und trotzdem gab es außerhalb seines Quartiers eine Welt, von der er nichts wusste. Aber sollte er Mr. Potter wegen seiner Eigenmächtigkeit böse sein? Diese Eigenmächtigkeit konnte in den nächsten Stunden dazu beitragen, dass er sein Schiff behielt. «Machen Sie weiter, Mr. Potter und richten Sie auch die beiden achternen Karronaden zum Heck aus», sagte er nur. Dann wandte er sich an Leutnant Townsend: «Lassen Sie Klarschiff machen, Mr. Townsend.»

Sofort brachen überall an Bord hektische Aktivitäten aus. Unter anderem wurden die Zwischenwände des Kommandantenquartiers entfernt und die Möbel vorsorglich unter Deck geräumt. Das rief bei Mr. Benson wütende Proteste hervor. «Was ist das für ein Tohuwabohu!», rief er entrüstet aus und wollte zu Henry du Valle stürmen. Charlie Starr hielt ihn mit stahlhartem Griff zurück. «Beruhigen Sie sich, Sir, der Captain bereitet sich auf ein Gefecht vor und hat keine Zeit für Ihren Unsinn», zischte er. Mr. Benson sah ihn verdutzt an, spürte den festen Griff und sah das gefährliche Funkeln in Charlie Starrs Augen, und so zog er sich ohne weitere Diskussionen unter Deck zurück, wohin sich Mr. Hoaxley bereits begeben hatte.

Nach zehn Minuten konnte Leutnant Townsend die Gefechtsbereitschaft melden. Nur der Transport des Achtpfünders war noch nicht ganz abgeschlossen. Als er auf dem Kanonendeck war, wurde er mit Hilfe einer Talje auf die Lafette gesetzt. Von da an ging es ganz schnell und fünf Minuten später meldete Mr. Potter die Einsatzbereitschaft des Achtpfünders.

Zwischenzeitlich hatte sich die mittlere Galeere der *Mermaid* bis auf Kanonenschussweite genähert, während die beiden anderen Galeeren im weiten Bogen dem Heck zustrebten. Offenbar wussten sie wirklich nicht, dass die Breitseiten der *Mermaid* nur aus Karronaden bestanden, die nur auf kurze Distanz sinnvoll eingesetzt werden konnten.

Durch sein Fernrohr konnte Henry du Valle erkennen, dass die mittlere Galeere tatsächlich einen Vierundzwanzigpfünder als schweres Geschütz besaß. Plötzlich sah er, wie sich die Galeere in Rauch hüllte. Wenig später ertönte ein Knall und dann flog eine Kanonenkugel durch die Luft. Sie schlug kurz vor dem Bug der *Mermaid* ein. Eine hohe Fontäne stieg auf. Das Gefecht hatte begonnen.

17

Der erste Schuss der Spanier hatte zu kurz gelegen. Das bedeutete für Henry du Valle, dass er noch warten musste, bis die Galeere in die Reichweite seiner Sechspfünder kam. Die Galeere feuerte erneut, diesmal mit ihren Neunpfündern. Ihre Schüsse lagen wieder viel zu kurz. Den Spaniern musste das klar sein. Wahrscheinlich wollten sie die Besatzung der *Mermaid* einschüchtern und von den beiden anderen Galeeren ablenken. Wieder feuerte der Vierundzwanzigpfünder. Henry du Valle hatte den Schuss erwartet und die *Mermaid* auf den anderen Bug legen lassen. Die Kanonenkugel landete dort im Wasser, wo sich die *Mermaid* ohne die kleine Kurskorrektur befunden hätte.

Nun war es an der Zeit, den Spaniern zu antworten. Henry ließ die Backbordkanone mit maximaler Erhöhung feuern. Der Schuss lag noch etwas zu kurz, aber der nächste Schuss würde bei der schnellen Annäherung der Galeere treffen. Sofort ließ Henry die *Mermaid* wieder auf den anderen Bug gehen. Dann visierte er die Galeere kurz an und feuerte die Steuerbordkanone selbst ab. Der Schuss lag etwas zu hoch und rasierte lediglich das Schutzdach, unter dem die Kanonen der Galeere standen, weg.

Henry du Valle ließ beide Kanonen sofort nach den Schüssen wieder laden. Die Steuerbordkanone feuerte ihren zweiten Schuss gleichzeitig mit dem nächsten Schuss des Vierundzwanzigpfünders ab. Auch die beiden Neunpfünder des Spaniers schossen. Die drei Kugeln rauschten durch das Rigg der *Mermaid*. Das Fockmarssegel bekam ein kleines Loch und ein Block krachte an Deck. Der Schuss der *Mermaid* traf den Bug der Galeere knapp über der Wasserlinie und durchschlug die Bordwand. Mit diesem Leck war die Galeere vorerst zum Beidrehen gezwungen.

Aber die *Mermaid* hielt weiter unter Marssegeln auf die Galeere zu. Nun gab die Backbordkanone ihren zweiten Schuss ab, der auf der Laufbrücke zwischen den Reihen der Ruderer landete. «Kettenkugeln laden!», rief Henry laut. Kurz darauf feuerte er seine Kanone wieder ab. Die Kettenkugel rasierte die Riemen an Backbord der Galeere ab. Nur wenige Riemen blieben unbeschädigt. Henry warf einen raschen Blick nach den beiden anderen Galeeren, die sich inzwischen ungefähr auf der Höhe des Besanmastes, jedoch weiter in sicherer Entfernung befanden. Jeden Augenblick würden sie den Kurs ändern, um das Heck der *Mermaid* anzugreifen.

Da die mittlere Galeere vorerst ausfiel, beschloss Henry, den Kurs zu ändern, um die beiden anderen Galeeren frontal anzugreifen. «Achtung! Fertigmachen zur Halse!», befahl er. Der Bootsmann und die für das Segelmanöver eingeteilten Seeleute verließen die Geschütze und eilten auf ihre Stationen. Schließlich hob Mr. Miles den rechten Arm, um die Bereitschaft anzuzeigen. Henry gab den Befehl zur Halse und die *Mermaid* ging mit ihrem Heck durch den Wind, was die Galeere in den Schussbereich der Backbordbatterie brachte.

Henry gab den Feuerbefehl und die Karronaden feuerten krachend ihre tödliche Fracht ab. Fast alle Kugeln trafen ihr Ziel. Für einen Moment schien es fast, als würde die Galeere etwas in die Luft gehoben, um unmittelbar darauf in zwei Teile zu zerbrechen. Der leichte Rumpf der Galeere war den Achtunddreißigpfünder-Karronaden einfach nicht gewachsen. Während der Bug der Galeere sofort samt den Kanonen unterging, dümpelte der Rest des Schiffes vorerst noch hilflos auf den Wellen. Zum ersten Mal hatte Henry die tödliche Wirkung dieser Breitseite erlebt und war, bei aller Freude über die Zerstörung der Galeere, auch etwas geschockt.

Sicherlich war das Schicksal der Galeere auf den anderen Schiffen nicht unbemerkt geblieben. Als die *Mermaid* nun Kurs auf sie nahm, wichen sie zunächst etwas zurück. Im Moment lag die Initiative bei der *Mermaid*, die zudem durch die Halse den Luvvorteil gewonnen hatte. Natürlich war dieser bei Galeeren eher theoretische Natur, doch mit dem Wind im Rücken konnte Henry sie zu einem Gefecht zwingen, falls sie nicht die Flucht ergriffen.

Schließlich schienen sich die Galeeren entschieden zu haben. Sie nahmen das Gefecht an. Zielstrebig ruderten sie der *Mermaid* entgegen. Dann eröffneten ihre schweren Kanonen fast gleichzeitig das Feuer. Auch sie waren mit Vierundzwanzigpfündern bewaffnet. Beide Kugeln landeten auf dem Deck der *Mermaid*. Während die eine Kugel harmlos ausrollte, schlug die andere Kugel in eine Karronade ein und warf sie um. Zwei Seeleute wurden dabei verletzt und mussten unter Deck geschafft werden.

Henry wollte die Karronade rasch wiederaufrichten lassen, doch ihre Lafette war zu stark beschädigt. Fünf Minuten später feuerten sämtliche Kanonen der Galeeren eine gemeinsame Salve ab. Henry hatte rechtzeitig den Kurs ändern lassen und die meisten Kugeln landeten in der See.

Eine Kugel traf jedoch das Backbordjagdgeschütz, warf es um und tötete drei Männer. Zwei von ihnen wurden von der Kugel zerfetzt, der Dritte starb unter der umgestürzten Kanone.

Henry musste sich eingestehen, dass die Spanier verdammt gute Artilleristen waren. Aber seine Männer waren nicht nur gut, sie waren auch schnell. Die Galeeren befanden sich jetzt in Schussweite der verbliebenen Jagdkanone. Henry ließ feuern. Die Kanone wurde in fieberhafter Eile geladen und feuerte erneut. Erst als der dritte Schuss abgefeuert war, antworteten die Spanier mit einer zweiten Salve. Diese fiel aber deutlich harmloser aus, als die erste Salve, denn mit den drei Schüssen aus der Jagdkanone hatte Henry einen der beiden Vierundzwanzigpfünder ausschalten können, Dabei war auch einer der Neunpfünder beschädigt worden, denn das schwere Geschütz war auf ihn gestürzt.

Die zweite Salve der Spanier zerfetzte das Fockmarssegel endgültig. Und traf die Großbrahmrah, die vollkommen zersplitterte. Zwei Blöcke fielen an Deck. Einer streifte Mr. Nuttons Schulter und riss ihn um. Als er wieder aufstehen wollte, zeigte sich, dass sein linker Arm ausgekugelt war. Der Bootsmann trat zu ihm, packte den Arm und renkte ihn wieder ein. Mr. Nutton schrie laut auf, doch dann ging es ihm wieder besser.

Henry verlagerte nun das Feuer des Jagdgeschützes auf die andere Galeere. Er feuerte zwei Schüsse ab, dann ließ er die *Mermaid* plötzlich beidrehen. Die beiden Schüsse hatten nur geringe Schäden verursacht. Doch nun feuerte die Steuerbordbatterie der *Mermaid* auf beide Galeeren. Auf der einen Galeere wurde die Geschützbatterie förmlich weggefegt, die andere Galeere blieb unversehrt, denn sie hatte die Salve erwartet und war rechtzeitig ausgewichen.

Doch damit geriet sie in den Feuerbereich der Heckbatterie. Mr.Potters geliebter Achtpfünder wurde abgefeuert. Leider hatte das Mr. Potter nicht selbst tun können, denn er wurde in der Pulverkammer gebraucht. Die Achtpfünderkugel traf die Galeere unterhalb der Aufbauten am Heck. Hier schien sich die Pulverkammer zu befinden, denn ein lauter Knall sprengte das gesamte Heck der Galeere weg, die vorerst trotzdem noch schwamm.

Jemand holte am Großmast des Spaniers die Flagge ein. Diese Galeere kapitulierte. Aber bevor er sich weiter um das besiegte Schiff kümmerte, wollte Henry zunächst der anderen Galeere den Todesstoß versetzen. Doch die zog sich in aller Eile zurück. Ohne ihre Kanonen war sie ja faktisch wehrlos und konnte ihr Heil nur noch in der Flucht finden, wohl wissend, dass die *Mermaid* bei diesem Wind und den erlittenen Schäden an der Takelage sie nicht verfolgen würde

Henry ließ die Boote aussetzen, um die schwer beschädigte Galeere evakuieren zu lassen. Die Gig und die beiden Kutter ruderten hinüber zum Wrack der Galeere. Unter dem Schutz der Marineinfanteristen gingen sie an Bord. Plötzlich sah Henry, dass es auf der Galeere einen Tumult gab. Er befahl Randi Neals, etwas näher an das Wrack heranzusteuern. Aber so plötzlich, wie der Tumult aufgeflammt war, schien er auch wieder beendet zu sein.

Die Boote kehrten zur *Mermaid* zurück. Leutnant Townsend kam als erster an Bord. Er war kreidebleich.

Henry sah ihn fragend an: «Was ist los, Joseph?» Der Leutnant rang sichtlich nach Fassung. «Sie haben alle getötet», sagte er dann. «Wer hat wen getötet?», fragte Henry. «Nachdem wir die Galeerensklaven befreit hatten, sind sie wie die Tiere über die Spanier hergefallen. Alle wurden getötet, mit bloßen Händen», antwortete Joseph Townsend. Henry war erschüttert. Dann sah er die Galeerensklaven an Deck kommen, ausgemergelte Gestalten, teilweise mehr tot als lebendig. Vielleicht war es ja nur ausgleichende Gerechtigkeit.

Doch nun galt es, sich um die Galeere zu kümmern, die sie zu Beginn des Gefechtes mit einer vollen Breitseite ihrer Karronaden so grausam zusammengeschossen hatten. Noch immer hielt sich der hintere Teil des Wracks über Wasser. Diesmal evakuierte Leutnant Townsend zunächst die spanischen Gefangenen, bevor er sich um die Galeerensklaven kümmerte. Von diesen waren die meisten bereits ertrunken, denn sie waren an ihre Ruderbänke gekettet und hatten keine Chance, sich auf einen höheren Teil der Galeere zu retten. Aber auch unter den Spaniern gab es nur zwanzig Überlebende, darunter ihren Kommandanten.

Von ihm erwartete Henry du Valle Antworten. Er musste wissen, wie ihre Mission verraten worden war. Zunächst mussten jedoch die Schäden an Bord der *Mermaid* repariert werden. Schließlich wollte Henry möglichst alle Gefechtsspuren beseitigt haben, wenn er in Algier einlief. Der Kommandant wurde deshalb vorerst in der Offiziersmesse untergebracht, während sich Henry in die Arbeit stürzte.

18

Es war voll, sehr voll auf der *Mermaid,* und Henry du Valle entschloss sich, unter diesen Umständen zunächst nach Gibraltar zurückzukehren. Bevor der Rückweg angetreten werden konnte, gab es aber noch sehr viel zu tun.

Zunächst waren da die Reparaturen im Rigg und an den Geschützen. Hier waren vor allem der Bootsmann und der Geschützmeister gefordert, aber auch für den Zimmermann gab es eine Menge Arbeit. Hinzu kam, dass die befreiten Galeerensklaven und die gefangenen Spanier irgendwie auf der Sloop untergebracht werden mussten.

Die Sonne ging bereits wieder unter, als Henry endlich in sein Quartier zurückkehren konnte. Er war rechtschaffend müde, doch eine Sache duldete keinen weiteren Aufschub. Er musste mit dem spanischen Kommandanten sprechen, denn er wollte endlich in Erfahrung bringen, wie sie verraten worden waren. Da auch Mr. Hoaxley an der Klärung dieser Frage interessiert war, ließ er ihn über das bevorstehende Verhör informieren und lud ihn ein, daran teilzunehmen.

Während Henry auf Mr. Hoaxley und seinen Sekretär wartete, schickte er den Posten, der seine Kabine bewachte, in die Offiziersmesse, um den Spanier zu holen. Fast zehn Minuten vergingen. Weder kam Mr. Hoaxley, noch der spanische Kapitän. Langsam wurde Henry du Valle ungeduldig und er rief nach seinem Stewart. Jeeves trat ein und Henry sagte: «Jeeves, schau mal bitte nach, wo dieser Spanier bleibt. Ich habe Collins schon vor zehn Minuten nach ihm geschickt.» Jeeves ging und kam nach wenigen Augenblicken mit Private[44] Collins zurück. Der Posten meldete: «Sir, der Gefangene ist unauffindbar. Ich habe schon das halbe Schiff nach ihm durchsucht.» Henry ballte die Fäuste vor Wut und schluckte nur mühsam einen ungehörigen Fluch herunter. Stattdessen befahl er mit knurriger Stimme: «Leutnant Townsend und Sergeant Digby sollen zu mir kommen».

Es dauerte nicht lange, bis Leutnant Townsend mit dem Sergeanten erschien. Natürlich hatten beide schon gehört, dass der Spanier gesucht wurde. Doch keiner hatte ihn gesehen, seit er an Bord gekommen war. Joseph Townsend war seit dem Gefecht nicht unter Deck gewesen und Sergeant Digby hatte mit den Gefangenen alle Hände voll zu tun, da sie aus Sicherheitsgründen in Eisen geschlossen werden mussten. «Ich glaube, Mr. Wise hat sich um den Gefangenen gekümmert», meinte Joseph Townsend. Nun wurde auch der Purser dazu gebeten. Er hatte sich anfänglich um den Spanier gekümmert. «Aber dann wurde Kleidung für die befreiten Ruderer gebraucht und ich ging in die Kleiderkammer», berichtete er. «Blieb der Kapitän allein zurück?», fragte Henry du Valle. «Nein, Mr. Benson war noch bei ihm», antwortete Mr. Wise.

In diesem Moment kamen Mr. Hoaxley und sein Sekretär Mr. Benson in Henrys Kammer. Damit wurde es recht eng in diesem kleinen Raum. Henry bot Mr. Hoaxley einen Stuhl an, Mr. Benson musste ebenso stehen wie die Offiziere der *Mermaid*. «Ich hörte, dass der spanische Kapitän

---

[44] Niedrigster Rang eines Marineinfanteristen

108

vermisst wird», begann Mr. Hoaxley. «Das stimmt, momentan ist er unauffindbar», antwortete Henry du Valle. «Wie kann das sein? Man kann doch einen Gefangenen nicht so einfach frei herumlaufen lassen!», mischte sich Mr. Benson lauthals ein. «Richtig, aber Sie waren der Letzte, der ihn gesehen hat», stellte Henry nüchtern fest. «Ich? Was wollen Sie mir unterstellen?», regte sich Mr. Benson auf. «Sie waren mit Mr. Wise und dem Spanier zusammen. Mr. Wise wurde in die Kleiderkammer gerufen und Sie blieben allein mit dem Gefangenen zurück. Ist das so korrekt?», hakte Henry nach. «Ja, schon, nein», stammelte Mr. Benson. «Also was nun?», fragte Mr. Hoaxley. «Es ist richtig, ich war eine Weile mit dem Spanier allein», gab Mr. Benson nun zu. «Wann haben Sie ihn verlassen?», wollte Henry nun wissen. «Das war kurz nachdem der Doktor kam», antwortete Mr. Benson.

Mr. Digby, bitten Sie den Doktor zu mir», befahl Henry du Valle freundlich. Doktor Harris kam nach wenigen Minuten. Seine Hände hatte er nur notdürftig vom Blut seiner Patienten gesäubert. «Da sind Sie ja, Doktor», begrüßte ihn Henry, «Wie es aussieht waren Sie der letzte, der den spanischen Kapitän gesprochen hat.» «Ob das so ist, kann ich nicht genau sagen», antwortete der Schiffsarzt. «Dann berichten Sie mir einfach von dem Augenblick an, in dem Sie in die Offiziersmesse kamen», bat ihn Henry. «Nun, ich brauchte eine kurze Pause für ein Glas Wein und eine Tabakspfeife, also unterbrach ich meine Arbeit und ging in die Messe. Dort saßen Mr. Benson und der spanische Gentleman. Sie unterhielten sich und nach einer Weile verließ uns Mr. Benson», berichtete Doktor Harris. «Worüber sprachen die Beiden?», wollte Henry wissen. «Das war rein privat», mischte sich Mr. Benson ein. «Nun Doktor», hakte Henry nach. «Das kann ich nicht sagen, sie sprachen Spanisch, eine Sprache, die ich leider nicht beherrsche», antwortete Doktor Harris. «Und nachdem Mr. Benson gegangen war?», fragte Henry du Valle. «Ich trank meinen Wein, rauchte meine Pfeife und kehrte zurück ins Cockpit», sagte der Doktor. «Und der Kapitän blieb in der Offiziersmesse zurück», fragte Henry du Valle. «Nein, ich zeigte ihm die leere Kammer und er zog sich zurück, wohl um etwas zu schlafen», mutmaßte Doktor Harris.

«Wurde in der Kammer nachgeschaut», wollte Henry du Valle nun wissen. Sergeant Digby nickte. «Die Schwingkoje war unberührt», sagte er dann. «Dann hat der Spanier die Gelegenheit genutzt, sich irgendwo an Bord zu verstecken. Ich frage mich, wozu. Auf jeden Fall sollten die Wachen an allen neuralgischen Punkten verdoppelt werden», stellte Henry du Valle abschließend fest.

Vor Henrys Tageskabine wurde es laut. Jeeves zwängte sich zur Tür herein und rief: «Sir, der spanische Kapitän wurde gefunden.» «Wo steckt er denn?», fragte Henry. Jeeves rang nach Luft und antwortete: «Bei den Wasserfässern, Sir. Und er ist tot.»

19

Die Nachricht vom Tod des Spaniers schlug ein wie eine Bombe. Alle redeten wild durcheinander und teilten sich ihre Vermutungen mit. Henry du Valle sprang auf, bahnte sich den Weg nach draußen und stürmte den nächstgelegenen Niedergang hinab. Er musste noch zwei weitere Niedergänge hinabsteigen, bis er das Wasserlager erreichte. Hier stand der junge Private Baldwin mit einer Laterne.

Als er den Kommandanten erblickte, bückte er sich, um den Leichnam des spanischen Kapitäns zu beleuchten. Der Mann war fürchterlich zugerichtet worden. Handelte es sich um einen Racheakt der befreiten Galeerensklaven? Bei allem Verständnis für die Gefühle der Ruderer, den Mord an einem Offizier, der sich in seiner Obhut befand, konnte Henry nicht auf sich beruhen lassen. Das verboten sowohl sein Gerechtigkeitssinn als auch seine Pflichten als Offizier des Königs.

Henry sah sich den Toten genauer an. Fast wirkte es, als habe jemand sein Gesicht bis zur Unkenntlichkeit entstellen wollen und wurde dabei gestört. Aber es war ohne jeden Zweifel der Kommandant der spanischen Galeere, mit der es die *Mermaid* zuerst zu tun bekommen hatte.

Kurz nach Henry trafen auch Doktor Harris, Leutnant Townsend und Sergeant Digby bei der Leiche ein. Der Schiffsarzt kniete sich nieder, um den Leichnam zu untersuchen. «Merkwürdig, die Verletzungen wirken gar nicht tödlich», murmelte Doktor Harris vor sich hin, «Ich werde den Kapitän wohl etwas genauer untersuchen müssen.» «Was meinen Sie mit, die Wunden wirken nicht tödlich?», wollte Henry du Valle wissen. «Dass ich nicht feststellen kann, woran er gestorben ist», antwortete Doktor Harris.

Die Leiche wurde von zwei Marineinfanteristen nach oben getragen. Während sie den Körper anhoben, fragte Doktor Harris plötzlich: «Haben Sie das auch gerochen, Sir?» «Gerochen? Ich? Nein, ich habe nichts gerochen», antwortete Henry etwas verwirrt. Wie kam der Doktor denn darauf? Ein Schiff war immer voller Gerüche.

Der Leichnam des Captains wurde in die Tageskabine des Kommandanten gebracht und auf dem Esstisch abgelegt. Dann wurden mehrere Lampen aufgehängt und der Schiffsarzt begann mit seiner Untersuchung. Er nahm eine Lupe und schaute sich jede einzelne Wunde genau an. «Wie ich bereits vermutet habe, keine einzige dieser oberflächlichen Verletzungen war tödlich, auch die Kombination aus den verschiedenen Verletzungen kann keine tödliche Wirkung gehabt haben», stellte er schließlich fest. Nun tastete er den gesamten Körper ab, um eventuelle Knochenbrüche festzustellen. Während er den Nacken untersuchte, hielt er kurz inne. Er schnupperte an Mund und Nase des Toten. «Ich habe mich vorhin nicht geirrt, stellte er triumphierend fest, «Da ist eindeutig ein leichter Hauch von Bittermandel.» «Bittermandel?», fragte Henry verständnislos. «Nun, es riecht nur nach Bittermandel, eigentlich handelt es sich um Blausäure, die aus dem Preußisch Blau gewonnen werden kann», erläuterte Doktor Harris. «Und was ist daran so besonders?», fragte Henry nach. «Es ist ein sehr starkes, absolut tödliches Gift», antwortete der Doktor. «Davon habe ich noch nie gehört», meinte Henry kopfschüttelnd. Auch die anderen Anwesenden konnten mit dem Begriff Blausäure nichts anfangen.

Doktor Harris sagte: «Ich muss da vielleicht ein wenig ausholen. Das Gift ist noch nicht lange bekannt. Ich habe in Stockholm davon gehört. Ein schwedischer oder deutscher Apotheker[45] hat die Blausäure in dem bekannten Farbstoff entdeckt. Eigentlich ist es nur ein Gift für Fachleute, jeder einfache Mensch würde doch zu Arsen greifen, zumal es recht flüchtig ist, also in geschlossenen Behältnissen aufbewahrt werden muss. Dafür braucht man nur sehr wenig davon für eine tödliche Dosis.» Jetzt schnupperte auch Henry an dem Toten. «Ich kann nichts riechen», sagte er dann. Leutnant Townsend versuchte es auch und sagte: «Doch, Sir, eindeutig Bittermandel.» «Merkwürdig, vielleicht bekomme ich ja eine Erkältung», wunderte sich Henry[46]. Dann wandte er sich an alle Anwesenden: «Fassen wir also zusammen, der Captain ist mit Gift ermordet worden. Laut Doktor Harris setzt das jedoch gewisse Spezialkenntnisse voraus. Wer hat die an Bord?» «Eigentlich nur ich», entgegnete Doktor Harris. «Was ist mit Ihrem Loblollyboy[47]?», fragte Henry du Valle. «Vollkommen ausgeschlossen, er hat keinerlei medizinische Vorkenntnisse», stellte Doktor Harris fest.

«Dann sind Sie der einzige Verdächtige in diesem Mordfall», mischte sich plötzlich Mr. Benson in das Gespräch ein. Der Doktor unterdrückte gerade so eine ehrrührige Geste gegen Benson und tat so, als ob er sich mit dem Finger etwas von der Stirn wischte. «Das ist doch absurd. Warum sollte ich einen Giftmord feststellen, wenn ich selbst

---

[45] Carl Wilhelm Scheele
[46] Tatsächlich kann rund ein Viertel aller Menschen den Geruch nicht wahrnehmen.
[47] Arztgehilfe an Bord eines Kriegsschiffs

der Täter wäre? Hätte ich gesagt, der Spanier ist an inneren Blutungen aufgrund der Schläge gestorben, hätte mir das Jeder an Bord geglaubt», verteidigte er sich.

«Anstatt uns gegenseitig zu beschuldigen, sollten wir zunächst lieber darüber sprechen, warum der Kapitän ermordet wurde», gab nun Leutnant Townsend zu bedenken. «Das Motiv sollte klar sein. Die Spanier wussten von unserer Mission und wollten sie zum Scheitern bringen, um für Spannungen zwischen Großbritannien und Algier zu sorgen. Außerdem geht es ja auch um ein ordentliches Prisengeld. Die Spanier können nur durch Verrat von unserer Mission erfahren haben. Der Verräter ist wahrscheinlich an Bord und hat den spanischen Kapitän zum Schweigen gebracht, damit ihn dieser nicht verraten kann. So sehe ich es», fasste Henry du Valle zusammen.

Alle Anwesenden nickten zustimmend. Mr. Benson trat vor und sagte: «Bei der Vorbereitung unserer Mission haben wir alle Beteiligten, soweit es möglich war, überprüft. Dabei fiel uns auf, das Leutnant Townsend und seine Familie enge Verbindungen nach Spanien haben.» «Wollen Sie damit behaupten, dass ich ein Verräter bin?», fragte Leutnant Townsend und drang auf den Sekretär ein. Henry hielt ihn am Arm zurück und meinte: «Das ist vollkommen absurd. Außerdem fehlen ihm die medizinischen Kenntnisse.» «Er könnte aber mit Doktor Harris gemeinsame Sache machen. Hat der Doktor nicht selbst zugegeben, dass er im Ausland studiert hat?», widersprach Mr. Benson. «Aber Mr. Benson, Sie können hier doch nicht alle und jeden verdächtigen», versuchte Mr. Hoaxley, seinen Sekretär zu beruhigen.

Henry du Valle hatte genug. «Ihre Verdächtigungen sind vollkommen absurd. Weder Leutnant Townsend noch Doktor Harris waren in Gibraltar an Land. Beide hatten keine Chance, Verbindung zu spanischen Spionen aufzunehmen. Von allen Besatzungsmitgliedern der *Mermaid* bin ich der Einzige, der in Gibraltar an Land war und von der Mission wusste. Aber mich zu verdächtigen ist ebenso falsch, denn ich habe erst unmittelbar vor meiner Rückkehr an Bord von der Mission erfahren, dieser Verrat erfordert aber eine längere Vorbereitung», sagte er. Mr. Hoaxley nickte zustimmend und antwortete: «Was Sie sagen, hat Hand und Fuß, Captain du Valle, kein Besatzungsmitglied hatte Zeit oder Gelegenheit, den Spaniern unsere Mission zu verraten. Von allen anderen Personen, die um unsere Mission wussten, sind nur Mr. Benson, Leutnant Crawley und ich an Bord.»

«Da klar sein dürfte, dass Sie als Verräter nicht in Frage kommen», stellte Henry du Valle mit einer angedeuteten Verbeugung zu Mr. Hoaxley fest, «kommen nur Mr. Benson und Leutnant Crawley in Frage. Wo steckt Leutnant Crawley eigentlich?» Alle sahen sich fragend an. Leutnant Crawley hatte nur während des Gefechts die Offiziersmesse verlassen, um die Geldtruhe persönlich zu bewachen. «Sergeant Digby, schauen Sie bitte nach, wo sich Leutnant Crawley befindet», befahl Henry du Valle.

Der Sergeant verließ die Kabine. Es dauerte nicht lange und er kam zurück. «Sir, ich habe Leutnant Crawley in seiner Kammer gefunden. Er ist ebenfalls tot», stammelte Sergeant Digby. Alle waren geschockt und redeten wild durcheinander. Henry du Valle fasste sich als Erster. Er rief: «Ruhe an Deck! Doktor, Sie untersuchen Leutnant

Crawley. Sergeant Digby, Sie stellen Mr. Benson unter Arrest. Er darf vorerst nicht in sein Quartier zurückkehren. Leutnant Townsend, Sie und Mr. Ellis durchsuchen Mr. Bensons Kammer.»

Der Sekretär protestierte zwar lauthals, doch Mr. Hoaxley blieb stumm. Ihm schien klar geworden zu sein, dass nach menschlichem Ermessen nur sein Sekretär als Täter in Frage kam.

Als erster kam Doktor Harris zurück. «Leutnant Crawley wurde erstochen, Sir», meldete er. «Fanden sich irgendwelche Spuren?», fragte Henry du Valle. «Ja, das Messer steckte noch in der Wunde. Es handelt sich um eine ganz einfache Waffe, deren Herkunft nicht erkennbar ist», antwortete Doktor Harris. «Gibt es sonst noch etwas?», fragte Henry. «Ja, der Täter hat eine Arterie getroffen, weshalb viel Blut verspritzt wurde. An der Kleidung des Täters müssten Blutspuren zu finden sein», sagte der Schiffsarzt.

Wenig später kehrten Leutnant Townsend und der Master von der Durchsuchung von Mr. Bensons Kammer zurück. Mr. Ellis brachte einen Gehrock, auf dem Blutflecken zu sehen waren. Henry erinnerte sich, dass Mr. Benson diesen Rock noch am Morgen getragen hatte. Eine Giftampulle fand sich nicht. Es gab zu viele Verstecke an Bord, falls sie Mr. Benson nicht sogar ins Meer geworfen hatte.

Mr. Benson wurde aus dem Arrest geholt und mit dem Beweis konfrontiert. Zunächst flüchtete er sich in Ausreden, wie ein angebliches Nasenbluten, doch schließlich brach er zusammen. Er wollte nur noch seine Haut retten und legte ein umfassendes Geständnis ab.

Tatsächlich kannte Benson den spanischen Kapitän aus der Zeit, als Spanien und Großbritannien noch Verbündete gegen Frankreich waren. Als er von Mr. Hoaxley mit der Vorbereitung des Geldtransports beauftragt wurde, reifte in ihm der Plan, das Geld den Spaniern zuzuspielen und selbst einen erklecklichen Anteil zu kassieren. Dafür beauftragte er in Gibraltar einen Mann, nach dem Auslaufen der *Mermaid* ein großes Feuer zu entfachen. Die Meldekette auf dem nordafrikanischen Festland organisierte der spanische Kapitän. Nur leider vereitelte Mr. Larkins Aufmerksamkeit das Gelingen des Plans.

Als der Kommandant an Bord gebracht wurde, befürchtete Mr. Benson, jemand könnte bemerken, dass er und der Kapitän alte Bekannte waren und brachte ihn deshalb um. Leutnant Crawley erwachte, als der Spanier starb. Mr. Benson hörte, wie sich Leutnant Crawley ankleidete und überwältigte ihn in dessen Kammer. Wahrscheinlich wäre dieser Mord vollkommen unnötig gewesen, wenn Mr. Benson den Leichnam des Kapitäns rechtzeitig fortgeschafft hätte, doch ausgerechnet in diesem Moment hörte er Schritte auf dem Niedergang und wagte es nicht, den Spanier nach unten zu schaffen.

Letztendlich sorgte so der Mord an Leutnant Crawley dafür, dass Mr. Benson entlarvt werden konnte.

20

General O'Hara machte kurzen Prozess mit dem Verräter. Als die *Mermaid* Gibraltar wieder verließ, nachdem die Kriegsgefangenen und die befreiten Galeerensklaven an Land geschafft worden waren, hing Mr. Benson längst an einem Galgen auf der Mole. Hier sollte er zur Abschreckung möglicher Verräter hängen bleiben.

Henry du Valle war froh, mit seiner Aburteilung nichts zu tun zu haben. So sehr er den Mörder und seinen Verrat verabscheute, war es doch für ihn ein großer Unterschied, ob er einen Feind im Kampf tötete oder einen Verbrecher hinrichten ließ.

Diesmal ließ Henry du Valle direkten Kurs auf Algier nehmen. Der Wind stand durch und so kam das berüchtigte Korsarennest bereits am nächsten Tag in Sicht. Die Stadt schmiegte sich an die Ausläufer des Küstengebirges und wirkte so aus der Ferne wie eine natürliche Festung. Ihre weißen Häuser glänzten in der Sonne und erweckten den Eindruck einer wohlhabenden Stadt. Je näher man jedoch kam, desto offensichtlicher wurde, dass sich Algier längst nicht mehr auf dem Höhepunkt seiner Macht befand.

Die mächtigen, die Stadt umschließenden Mauern zeigten Anzeichen eines beginnenden Verfalls. Auch die aus der Ferne glänzenden weißen Häuser wirkten bei der Annäherung eher schäbig und vernachlässigt. Der Hafen lag recht verlassen da. Nur zwei abgetakelte Schebecken[48] und einige Fischerboote dümpelten im riesigen Hafenbecken vor

---

[48] Dreimastige Segelschiffe, meist mit Lateinsegeln, die auch gerudert werden konnten.

sich hin. Am Kai wurde eine Bark[49] beladen. Der Hafen wurde von einer mächtigen Mole geschützt, die stark befestigt war und bis zu einer kleinen Insel reichte, auf der ein Fort errichtet war. Das Fort und die Mole machten einen sehr wehrhaften Eindruck und befanden sich in einem viel besseren Zustand als die Stadtmauer.

Henry du Valle beschloss, mit der *Mermaid* außerhalb des Hafens beizudrehen. Mr. Hoaxley beglückwünschte ihn zu diesem Entschluss, denn die Herren der Stadt standen meist unter so starkem Druck der Odjak, wie die Janitscharengarde[50] von Algier genannt wurde, dass Verhandlungen sehr rasch aus dem Ruder laufen konnten. Da war es besser, wenn man die Stadt schnell und ohne größere Formalitäten verlassen konnte.

Mr. Hoaxley hatte keine Einwände, dass ihn Henry du Valle zu seiner Audienz beim Dey von Algier begleitete. Er kannte Henrys Befehle und wusste, dass es kaum einen besseren Weg für ihn gab, sie zu erfüllen. So bestand Mr. Hoaxleys Delegation nun aus Leutnant Lawrence, der für den unglücklichen Leutnant Crawley an Bord gekommen war, den sechs ihm unterstellten Marineinfanteristen und Henry du Valle. Henry ließ den Kutter zu Wasser lassen, denn zu seinem Schutz und dem der Rudermannschaft sollte sich auch Sergeant Digby mit seinen Männern einschiffen.

---

[49] Meist dreimastiges Segelschiff, dessen hinterster Mast nicht voll getakelt ist
[50] Die Janitscharen waren ursprünglich eine Eliteeinheit des Osmanischen Reichs, zu dem Algier nominell gehörte.

Nachdem das Hafenbecken erreicht war, sah sich Henry du Valle die Hafenbefestigung an. Das Fort beherbergte mächtige Sechsunddreißigpfünder französischer Bauart, die zumindest aus der Ferne einen sehr guten Eindruck machten. Dann wandte sich Henry den beiden Schebecken zu. Er war von ihrer eleganten Linienführung fasziniert. Aber die Farbe blätterte von den Rümpfen ab. Entweder waren sie gerade von einer längeren Fahrt zurückgekehrt oder den Eigentümern fehlte das Geld, ihnen die nötige Pflege zukommen zu lassen. Bewaffnet waren beide Schiffe mit jeweils zwanzig Achtpfündern. Damit stellten sie keine ernsthafte Bedrohung für die *Mermaid* dar.

Trotz der wenigen Schiffe im Hafen herrschte vor der Stadtmauer reges Treiben. Das lag an der Bark, die gerade beladen wurde. Lange Kolonnen weißer und schwarzer Sklaven trugen auf ihren Schultern Säcke zur Bark und kehrten dann unter den Peitschenhieben ihrer Aufseher eilig in die Stadt zurück, wo weitere Säcke auf sie warteten. Die Bark erweckte Henrys Aufmerksamkeit. Sie trug zwar keine Flagge, aber auf ihrem Heck prangte mit goldenen Lettern der Name *La Bastille*. Es handelte sich also um ein französisches Handelsschiff.

Mr. Hoaxley bemerkte Henrys Blick und sagte: «Ich kann mir denken, dass Sie dieses Schiff gern als Prise nehmen würden, aber solange es sich im Hafen von Algier befindet, halten Sie sich bitte zurück. Algier beliefert Frankreich von hier und aus Oran mit Weizen und ist auf die Einnahmen angewiesen, seit die französische Marine verstärkt im südlichen Mittelmeer kreuzt und die Kaperei damit fast zum Erliegen gebracht hat.» «Und warum zahlen wir dann noch Schutzgelder an die Korsaren?», wollte Leutnant Lawrence wissen. «Weil wir die Franzosen in ihren Häfen blockieren werden, sobald die Royal Navy mit ganzer Macht ins Mittelmeer zurückgekehrt ist», antwortete Mr. Hoaxley.

Am Kai wurde der Kutter von einem orientalisch gekleideten Europäer erwartet. Bei ihm standen einige Einheimische, die Pferde bereithielten. «Das ist Mr. Masters, der Generalkonsul[51]», erklärte Mr. Hoaxley, als der Kutter an einer Treppe anlegte. Nach einer kurzen Vorstellungsrunde saßen Mr. Hoaxley, Mr. Masters, Leutnant Lawrence und Henry auf. Unter der Führung des Generalkonsuls ritten sie langsam zum Palast des Deys, der sich mitten in der Stadt, die hier Kasbah genannt wurde, befand. Henry ritt mit Mr. Hoaxley und Mr. Masters an der Spitze. Dann folgten die sechs Marineinfanteristen mit der Truhe, die auf einen Eselskarren verladen worden war. Leutnant Lawrence bildete den Abschluss der Prozession.

«Wie ist die aktuelle Lage in Algier?», wollte Mr. Hoaxley wissen. «Es ist ziemlich ruhig. Sidi Hassan ist vor einigen Wochen verstorben und sein Neffe ist nun an der Macht», antwortete Mr. Masters. «Sein Neffe Mustapha, der Schatzkanzler?», fragte Mr. Hoaxley nach. «Ja, um den handelt es sich. Es war ein ganz ruhiger Regierungswechsel. Ein Teil des hohen Ansehens seines Onkels scheint auf den Neffen übergegangen zu sein», sagte Mr. Masters. Mr. Hoaxley wandte sich nun an Henry du Valle, der neben ihm ritt und ein wenig verständnislos zugehört hatte: «Sidi

---

[51] Richard Masters war ab 1797 Generalkonsul in Algier

Hassan hat die Spanier vor einigen Jahren aus Oran vertrieben und somit auch das reiche Umland wieder unter die Kontrolle Algiers gebracht.»

Der Weg zum Palast des Deys führe zum Teil durch verwinkelte Gassen, wo man nicht nebeneinander reiten konnte, weshalb das Gespräch nun versiegte. Außerdem war es drückend heiß in der Stadt. Schließlich öffnete sich die Straße zu einem großen Platz mit regem Markttreiben und der Palast war erreicht, der von außen trotz seiner Größe einen eher schlichten Eindruck machte. Sobald das Tor passiert war, wandelte sich der Eindruck. Nachdem sie abgesessen und ihre Pferde zurückgelassen hatten, schritten die Männer durch eine Abfolge prächtiger Innenhöfe, die kleine Parks, manchmal auch Brunnen enthielten. Trotzdem wirkte der Palast dunkel, da wegen seiner Höhe kein Sonnenstrahl den Boden erreichte.

Über eine Freitreppe erreichten sie den Audienzsaal des Palasts. Auf der Treppe meinte Mr. Masters beiläufig zu Henry du Valle: «Es könnte sich als hilfreich erweisen, wenn nur Mr. Hoaxley und ich als Diplomaten erkennen lassen, dass wir der französischen Sprache mächtig sind. Nach der Audienz wird man uns sicherlich zu einem Festmahl laden, bei dem auch Franzosen anwesend sein werden. Vielleicht werden sie sich in Ihrer Gegenwart unbefangener unterhalten, wenn sie nicht wissen, dass man sie versteht.»

Henry du Valle war überrascht, dass der Audienzsaal des Deys von Algier eher ein großes Zimmer als ein wirklicher Saal war. Mustapha Pascha saß auf einem großen Diwan.

Rechts und links von ihm standen jeweils zwei Janitscharen. An den Seitenwänden des Audienzsaals standen weitere Janitscharen zwischen den Fenstern. Davor befanden sich weitere Diwane, auf denen Würdenträger saßen. Die britische Delegation wurde von einem Zeremonienmeister in Empfang genommen, der lauthals verkündete: «Die Gesandten seiner Majestät König George!» Die Briten wurden von ihm in den Saal geleitet. Kurz vor dem Dey blieben sie stehen und verneigten sich. «Willkommen, Herr Generalkonsul», sagte der Dey auf Französisch, «Wollen Sie mir Ihre Begleiter vorstellen?» Mr. Masters verneigte sich erneut und antwortete ebenfalls in französischer Sprache: «Es ist mir eine Ehre, Exzellenz.» Er wies auf Mr. Hoaxley und sagte: «Das ist Botschafter Hoaxley, der Euch die Geschenke unseres Königs überbringt.» Dann wies er auf Henry du Valle und Leutnant Lawrence und fuhr fort: «Das sind Captain Vail von seiner Majestät Sloop *Mermaid* und Leutnant Lawrence.» Henry stutzte kurz. Hatte Mr. Masters seinen Namen absichtlich verfälscht? «Seien Sie mir in meinem bescheidenen Haus willkommen», antwortete Mustapha Pascha.

Daraufhin brachten schwarze Sklaven einige Diwane, die vor dem Dey platziert wurden. «Bitte nehmt Platz», sagte der Dey. Sobald sie saßen, gab Mr. Hoaxley ein Handzeichen und die Marineinfanteristen brachten die Truhe in den Audienzsaal. Sie setzten die Truhe ab, verneigten sich und verließen den Saal wieder. «Ich überbringe die herzlichsten Grüße meines Königs an seinen königlichen Vetter», sagte Mr. Hoaxley. «Bitte übermitteln Sie meinem Vetter meinen Dank», antwortete Mustapha Pascha. Wieder erschienen einige Sklaven und trugen die Truhe unter

Führung eines Würdenträgers hinaus. Zwei Janitscharen schlossen sich ihnen an.

Nun wurde Tee serviert. Es handelte sich um sehr heißen und vor allem sehr süßen Pfefferminztee, den Henry du Valle bei der Hitze in Algier aber als sehr erfrischend empfand. Mr. Hoaxley plauderte mit dem Dey, während Mr. Masters den beiden Offizieren zum Schein übersetzte.

Schließlich endete die Audienz. Die Briten erhoben sich von den Diwanen, verneigten sich noch einmal und verließen den Audienzsaal. Man führte sie in ein hübsch eingerichtetes Zimmer, wo sie sich etwas erfrischen und bis zum Festmahl erholen sollten. Henry wollte Mr. Hoaxley nach seinen Eindrücken fragen, doch dieser bedeutete ihm, zu schweigen. «Man weiß nie, wer zuhört», sagte Mr. Hoaxley nur.

21

Als die Abenddämmerung einsetzte, holte man die britische Delegation ab und führte sie in den großen Festsaal. Henry hatte in der Zwischenzeit einen der Marineinfanteristen mit der Nachricht zum Hafen geschickt, dass der Kutter zur *Mermaid* zurückkehren sollte.

Der große Festsaal befand sich in einer der oberen Etagen des Palastes. Die großen Fenster, die tagsüber zum Schutz vor der Hitze der Stadt mit hellen Vorhängen verschlossen waren, hatte man nun geöffnet, um die frische Abendluft hinein zu lassen. Durch die offenen Fenster hatte man einen guten Blick auf den Hafen. Weiter draußen sah Henry die *Mermaid* liegen.

Im großen Festsaal hatte man eine Vielzahl niedriger Tische im Halbkreis aufgestellt, an denen Diwane platziert waren. Die offene Seite des Halbkreises zeigte auf ein niedriges Podest, wo Tische und Diwane für die höhergestellten Persönlichkeiten aufgestellt waren, die als persönliche Gäste des Deys galten. Hier fanden Mr. Hoaxley und Mr. Masters ihre Plätze, während Henry du Valle und Leutnant Lawrence bei den einfachen Gästen platziert wurden.

Henry du Valle fand es auf die Dauer schwierig, mit übergeschlagenen Beinen auf seinem Diwan zu sitzen. Er musterte seine Nachbarn. Links saß ein algerischer Offizier, der sich in dieser Sitzhaltung offensichtlich sehr wohl fühlte, während sein rechter Nachbar ein europäischer Diplomat zu sein schien. Er schien ähnliche Probleme wie Henry zu haben.

Der Diplomat wandte sich Henry zu und sagte: «Captain Vail, gestatten Sie, dass ich mich Ihnen vorstelle. Mein Name ist Johnson. Ich komme aus Philadelphia in den Vereinigten Staaten von Amerika.» «Sehr angenehm, Mr. Johnson, so habe ich an dieser Tafel also einen Gesprächspartner», antwortete Henry du Valle. «Um der Wahrheit die Ehre zu geben, man hat mich aus diesem Grund neben Ihnen platziert», meinte Mr. Johnson mit einem Lächeln. Henry erwiderte das Lächeln und fragte: «Nachdem Sie wissen, in welcher Angelegenheit ich nach Algier gekommen bin, darf ich Sie auch nach dem Grund Ihrer Anwesenheit fragen, Mr. Johnson?» «Das ist kein Geheimnis, ich bin im Auftrag der Vereinigten Staaten von Amerika hier, um amerikanische Staatsbürger aus der Sklaverei freizukaufen», antwortete Mr. Johnson.

«Die Piraterie durch Korsaren aus Algier, Tunis und Tripolis scheint ein großes Problem für die Handelsschifffahrt im Mittelmeer zu sein. Allerdings war ich überrascht, so wenige Kaperschiffe im hiesigen Hafen zu sehen, denn auf See schienen auch keine unterwegs zu sein», sagte Henry du Valle. «Das hängt mit der Abwesenheit der Royal Navy im Mittelmeer zusammen», erklärte Mr. Johnson, «Solange sie das Mittelmeer kontrollierte, waren Franzosen und Spanier in ihren Häfen blockiert und die Korsaren hatten weitgehend freie Hand, wenn sie britische Schiffe unbehelligt ließen. Mit dem Rückzug der Royal Navy übernahmen Franzosen und Spanier wieder die Kontrolle im Mittelmeer und sie gingen konsequent gegen die Korsaren vor. Das Geschäft wurde zu riskant und lohnte sich nicht mehr, weshalb viele Kapitäne mit ihren Schiffen in die marokkanischen Atlantikhäfen auswichen.» «Ich hätte nicht gedacht, dass unser Rückzug im letzten Jahr solche Auswirkungen hatte», staunte Henry du Valle.

Der Zeremonienmeister begrüßte die Gäste im Namen des Deys. Auf sein Zeichen strömten Sklaven mit großen Silberplatten in den Saal und stellten sie auf den kleinen Tischen ab. Henry sah auf die große Platte mit Fleisch und Gemüse auf einem Bett aus einer Art Gries. «Das nennt man Couscous. Dieses Gericht bekommt man im gesamten Maghreb serviert», erklärte Mr. Johnson. «Und wie isst man es?», wollte Henry wissen. «Formen Sie aus dem Couscous einfach kleine Bällchen und nehmen Sie damit das Fleisch und Gemüse auf», antwortete Mr. Johnson.

Für Henry du Valle war diese Art der Nahrungsaufnahme, zumal bei einem offiziellen Anlass, recht gewöhnungsbedürftig. Aber er probierte es und stellte fest, es schmeckte ausgezeichnet. Bei dem servierten Fleisch handelte es sich um Hammel und Hühnchen. Allerdings fehlte Henry zu diesem Festmahl der Wein, denn bei einem islamischen Herrscher wurde kein Alkohol serviert.

Da alle im Saal aßen, sank der Geräuschpegel deutlich ab. So kam es, dass Henry französische Gesprächsfetzen seiner Nachbarn zur Linken aufschnappte. Neben dem algerischen Offizier saß ein Mann in Seemannskleidung, offenbar der Kommandant der französischen Bark. Gerade sagte dieser: «Eigentlich hatte ich gehofft, in einer Woche wieder in Marseille zu sein. Die neuen Befehle meines Botschafters passen mir überhaupt nicht. Von Alexandria aus muss man auf Westkurs meist gegen den Wind kreuzen.» «Was wollen Sie denn in Ägypten?», fragte der Offizier. «Ich will dort überhaupt nichts, aber die Armee braucht

Weizen und man befürchtet, sich in der ersten Zeit nicht aus dem Land ernähren zu können.»

Der Geräuschpegel schwoll wieder an und außerdem wurde Henry wieder von Mr. Johnson angesprochen. Doch Henry hatte im Grunde genug gehört und saß jetzt wie auf glühenden Kohlen. Er wollte so rasch wie möglich zurück auf sein Schiff und Algier verlassen, denn er war sich so gut wie sicher, nun das Ziel der französischen Flotte zu kennen.

Nachdem das Essen beendet war, löste sich die Sitzordnung ein wenig auf. Henry sah Mr. Hoaxley mit einem algerischen Würdenträger an einem Fenster stehen. Die beiden Männer unterhielten sich sehr angeregt. Henry du Valle versuchte unauffällig, Mr. Hoaxleys Aufmerksamkeit zu erregen, was nach einiger Zeit auch gelang. «Nun, Captain du Valle, was gibt es? Genießen Sie diesen prächtigen Empfang?», fragte Mr. Hoaxley. «Ja, durchaus. Es ist eine sehr interessante Erfahrung. Allerdings hat sich ergeben, dass wir so schnell wie möglich auslaufen müssen, am besten gleich morgen früh», antwortete Henry du Valle. Mr. Hoaxley schüttelte den Kopf und sagte: «Morgen früh ist vollkommen ausgeschlossen. Die französische Bark läuft morgen in aller Frühe aus und man teilte mir bereits mit, dass wir nach den Regeln der Neutralität frühestens am nächsten Tag auslaufen dürfen.» «Aber genau genommen liegen wir doch nicht im Hafen», gab Henry zu bedenken. «Das ist Haarspalterei. Wenn wir uns nicht an die Vorgaben unserer Gastgeber halten, wäre das ein diplomatischer Affront, der sehr unangenehme Folgen für Großbritannien haben könnte», antwortete Mr. Hoaxley scharf.

So schnell wollte sich Henry du Valle in dieser Situation nicht geschlagen geben. Immerhin ging es hier ja mit um Erfolg oder Misserfolg der Royal Navy im Mittelmeer. «Wäre es möglich, dass ich Algier mit einem Beiboot oder einem kleinen gecharterten Segelschiff verlasse?», fragte er. Mr. Hoaxley dachte kurz nach und antwortete dann: «Das wäre möglich, denn Sie wären damit ja keine Bedrohung für die französische Bark.»

Ungefähr eine Stunde später endete der Empfang beim Dey von Algier und die Briten kehrten auf ihren Pferden zum Hafen zurück. Unterwegs berichtete Henry du Valle von seinen unverhofft gewonnenen Erkenntnissen. Mr. Hoaxley und Mr. Masters teilten Henrys Ansicht, dass mit dieser Information das Geheimnis um den französischen Feldzug gelöst war. Mr. Masters versprach, ein schnelles Segelschiff zu besorgen, mit dem Henry schon am nächsten Tag Algier verlassen konnte.

Im Hafen mieteten sich Mr. Hoaxley, Leutnant Lawrence und Henry du Valle ein kleines Ruderboot, das sie zurück zur *Mermaid* brachte. Nachdem sie die Sloop erreicht hatten, bat Mr. Hoaxley Henry noch kurz zu sich. «Wenn Sie sich morgen auf die Suche nach Sir Horatio begeben, sollten Sie ihm schon vorab einen Eindruck unseres Besuchs beim Dey geben», sagte Mr. Hoaxley. «In erster Linie wird ihn interessieren, welche Pläne die französische Invasionsflotte hat», antwortete Henry du Valle. «Unter anderem haben die Franzosen Malta fast im Handstreich erobert», berichtete Mr. Hoaxley. «Die Franzosen haben Malta erobert?» Henry du Valle konnte es nicht fassen. «Wie ist das möglich? Die Türken haben sich an Malta doch jahrelang die Zähne ausgebissen und mussten schließlich abziehen», sagte er. Mr. Hoaxley nickte zustimmend und erklärte dann mit einem Lächeln: «Es waren damals andere Zeiten. Die Malteser von heute, vor allem die Franzosen unter ihnen, hatten kein Interesse an einer langen Belagerung. Vermutlich hoffen sie, auf diese Weise ihre Unabhängigkeit, wenn auch von Frankreichs Gnaden, bewahren zu können.» «Da werden sie sich bitter täuschen», meinte Henry du Valle. «Auf jeden Fall ist die Eroberung Maltas aus französischer Sicht mehr als sinnvoll, wenn ihr eigentliches Ziel tatsächlich Ägypten sein sollte, denn so haben sie auf halben Weg zwischen Frankreich und Alexandria einen sicheren Hafen», sagte Mr. Hoaxley.

«Haben Sie noch mehr solche brisanten Neuigkeiten für mich?», fragte Henry du Valle. «Ja, Algier ist zwar nicht mit Frankreich verbündet und betont seine Neutralität, aber es beabsichtigt, ein wichtiger Weizenlieferant Frankreichs zu bleiben. Mustapha Pascha hat zwei engen Vertrauten das Handelsmonopol für die Ausfuhr von Weizen übertragen. Beide haben enge Verbindungen nach Frankreich und sollen weitläufig mit dem Dey verwandt sein», antwortete Mr. Hoaxley. «Man sollte also algerische Weizenlieferungen tunlichst passieren lassen, wenn sie auf algerischen Schiffen unterwegs sind», stellte Henry du Valle fest. «Richtig, sonst bekommt man ein Problem mit dem Dey von Algier», stimmte Mr. Hoaxley zu.

22

Wenige Tage später durchpflügte eine schnittige Tartane die Wellen des östlichen Mittelmeers. Die *Nuras*[52] machte ihrem Namen alle Ehre und flog vor dem Wind förmlich dahin. Henry du Valle befand sich in der kleinen Hütte hinter der Ruderpinne. Er hatte es sich auf einigen Kissen gemütlich gemacht. Neben ihm saß der Kapitän der Tartane und rauchte seine Wasserpfeife.

«Ahmed Reis, was glaubst Du, wann werden wir Alexandria sichten?», fragte Henry. Ahmed Reis nahm einen tiefen Zug und blies den Rauch in Ringen aus. Dann sagte er: «Wenn es Allah so gefällt, werden wir am Nachmittag die Stadt sehen.» Henry du Valle vertraute dieser Aussage, denn er hatte Ahmed Reis als guten Navigator kennengelernt. Außerdem näherte sich die *Nuras* immer wieder der Küste und der Kapitän kannte alle Landmarken auf dem Weg nach Ägypten.

Die Tartane hatte keinen permanenten Ausguck auf dem Großmast. Dafür waren die Masten der Tartane nicht ausgelegt, aber Ahmed Reis schickte in regelmäßigen Abständen einen Mann nach oben, um Ausschau zu halten. Am frühen Nachmittag gab es von oben eine Meldung. «Was hat er gesagt?», fragte Henry auf Französisch. «Er sieht Alexandria», antwortete Ahmed Reis. Henry rief Charlie Starr zu sich, der ihn auf der *Nuras* begleitete und befahl ihm, ebenfalls auf den Mast zu steigen und seine Beobachtungen zu melden.

---

[52] Arabisch Möwe

Charlie Starr war ein drahtiger junger Mann, der affengleich aufenterte. Von oben meldete er: «Sir, ich sehe einen großen Hafen mit starken Befestigungen. Der Hafen und die Reede sind voller Schiffe. Es scheinen alles Franzosen zu sein.» «Siehst Du irgendwelche Kriegsschiffe?», fragte Henry du Valle. «Nein Sir, es sind keine Kriegsschiffe in Sicht», antwortete Charlie Starr.

Henry du Valle war überrascht. Konnte es möglich sein, dass die Invasionsflotte ohne Absicherung durch die französische Marine gelandet war? Das wäre eigentlich äußerst leichtsinnig gewesen. Aber wo befanden sich die Kriegsschiffe? Henry wandte sich an Ahmed Reis und fragte: «Können wir näher an den Hafen fahren? Ich muss wissen, wo die französische Flotte steckt.» «Ja, das ist möglich, Sihdi, aber Du müsstest Deinen Uniformrock ablegen, damit man Dich nicht als Briten erkennt», antwortete Ahmed Reis.

Nachdem Henry du Valle und Charly Starr ihre Uniformen abgelegt und sich nach maghrebinischer Art gekleidet hatten, näherte sich die *Nuras* dem Hafen. Über der alten Zitadelle wehte die Trikolore. Die *Nuras* segelte entlang der Reede und passierte eine Feluke. Ahmed Reis kannte ihren Kapitän und preite ihn an. Es entspann sich ein lauter Wortwechsel, der erst endete, als die Feluke außer Hörweite war. «Mein Freund Omar befehligt die Feluke», berichtete Ahmed Reis, «Er sagte mir, die französischen Kriegsschiffe ankern nordöstlich von hier, hinter einer Halbinsel namens Abukir.» «Können wir Kurs auf Abukir nehmen?», fragte Henry du Valle. Ahmed Reis stimmte zu und die *Nuras* folgte der Küstenlinie nach Nordosten.

Bald kam die Landspitze in Sicht, hinter der ein dichter Wald von Masten erkennbar war. Henry du Valle erstieg den Großmast und versuchte, die Schiffe zu zählen. Er kam auf dreizehn Linienschiffe, die halbkreisförmig vor der Küste der Halbinsel lagen, aber er hatte den Eindruck, dass weitere Schiffe tiefer in der Bucht ankerten. Die Linienschiffe hielten sich in respektvollem Abstand zur Küste, während einige kleinere Schiffe unweit des Ufers lagen. Am Ende der Landspitze befand sich ein kleines Fort, über dem die Trikolore wehte und auch die kleine Insel vor der Bucht schien befestigt zu werden.

Nachdem er wieder abgeentert war, bat er Ahmed Reis, auf Nordkurs zu gehen. Er musste Sir Horatio und seine Flotte suchen und wollte sein Glück zunächst an der Küste Kleinasiens versuchen. Natürlich konnte er so die Flotte verpassen, falls sich diese auf einem direkten Kurs von Malta nach Ägypten befand, aber dann würde Sir Horatio die Franzosen immerhin allein finden.

Die Suche vor Kleinasien war vergeblich, doch zumindest erfuhr Ahmed Reis von einem Fischer, dass sich die britische Flotte unlängst hier aufgehalten hatte und dann auf Westkurs gegangen war. Henry du Valle vermutete, dass sich Sir Horatio nach Sizilien begeben hatte, um dort weitere Informationen einzuholen, denn das Königreich Neapel war ihr einziger Verbündeter im Mittelmeer. Es stellte sich nur die Frage, welchen Hafen er anlaufen würde, Palermo, Messina oder gar Neapel? Bei einem Blick auf die Seekarte erschien Henry du Valle Messina am wahrscheinlichsten und er beschloss, die Meerenge von Messina ansteuern zu lassen.

Eine leichte, aber konstante Brise aus Nord bis Nordost trieb die *Nuras* voran und vertrieb zugleich die drückend heiße Luft der Vortage. Trotz seiner Ungeduld waren es für Henry herrliche Tage unbeschwerten Segelns. Immer wieder wurden sie auf ihrem Weg nach Westen von Tümmlern begleitet, die sie eine Zeit lang eskortierten, um schließlich elegant an der *Nuras* vorbeizuziehen, ihren Kurs zu kreuzen und im azurblauen Meer zu verschwinden.

Schließlich hatten sie die Ägäis durchquert und segelten nun vor der Küste Moreas[53]. Auf Höhe der Bucht von Koron oder Koroni, wie sie zur Zeit der venezianischen Herrschaft genannt worden war, meldete der Ausguck ferne Segel. In diesem Seegebiet war das nicht ungewöhnlich, denn hier verliefen wichtige Seefahrtsrouten. Henry du Valle ließ seinen Bootssteurer aufentern und nach kurzer Zeit meldete dieser: «Ich sehe viele Segel, Kriegsschiffe, eine ganze Flotte.»

Das konnte eigentlich nur die britische Flotte unter Sir Horatio sein, aber Henry hatte trotz seiner Jugend bereits gelernt, dass man im Krieg niemals seine Erwartungen als gegeben hinnehmen sollte. Deshalb näherte sich die *Nuras* den fremden Segeln in aller Vorsicht. Henry und Charlie Starr hatten sich wieder ihrer Uniformen entledigt. So wirkten sie aus der Ferne wie ganz normale Besatzungsmitglieder der Tartane.

---

[53] Alte Bezeichnung für die griechische Halbinsel Peloponnes

Henry du Valle holte sein Fernrohr hervor und schob es vorsichtig durch die lamellenartige Seitenwand der Hütte. Er visierte die fernen Schiffe an, stellte die Linse ein und sah vor sich ein ihm gut bekanntes Linienschiff. Es war die *Orion*, das Schiff von Captain Saumarez. Der stolze Vierundsiebziger führte die lange Schlachtlinie an. «Charlie, hole die Signalflaggen und setze unsere Kennung», befahl Henry du Valle. Wenig später wehte das Erkennungssignal der *Mermaid* vom Großmast der *Nuras* aus.

Die Tartane näherte sich der langen Linie der Schlachtschiffe. Bald waren die Schiffe mit bloßem Auge erkennbar. An dritter Position segelte die *Vanguard*, Sir Horatios Flaggschiff. Dort wurde ein Signalschuss abgefeuert und eine Reihe bunter Signalflaggen stieg an der Besanrah auf. Henry du Valle brauchte kein Signalbuch, um die Nachricht zu verstehen. Er hatte sie in den letzten Monaten schon sehr oft gesehen. Die Nachricht bestand aus der Kennung der *Mermaid* und dem Befehl «Kommandant an Bord kommen».

23

Die *Nuras* schor an die *Vanguard* heran und ging direkt neben der mächtigen Bordwand auf Parallelkurs. Vom Flaggschiff wurde eine Jakobsleiter herabgelassen. Henry du Valle setzte seinen Zweispitz auf, nahm den Degen in die linke Hand, konzentrierte sich kurz und sprang ab. Mit der rechten Hand bekam er die Jakobsleiter zu fassen und sein rechter Fuß fand ebenfalls Halt.

An Deck wurde Henry du Valle von Captain Berry mit allen einem Kommandanten zustehenden Ehren begrüßt. Dann geleitete er Henry zu Konteradmiral Sir Horatio Nelson. Sir Horatio kam Henry mit einem freudigen Lächeln entgegen, streckte ihm seine linke Hand entgegen und sagte: «Herzlich willkommen, Captain du Valle, ich hoffe, Sie bringen mir die sehnlichst erwartete Nachricht.» Henry du Valle ergriff die Hand des Admirals und antwortete: «Wenn Sie auf Nachrichten über die französische Flotte warten, werde ich Sie nicht enttäuschen, Sir.»

Sir Horatio bot Henry du Valle einen Platz an. Beide setzten sich und Sir Horatios Stewart trat hinzu. «Trinken Sie einen kühlen Rheinwein mit mir?», fragte Sir Horatio. «Sehr gern, Sir, » erwiderte Henry, und Nelson befahl mit schelmischen Lächeln seinem Stewart: «Gießen Sie unserem jungen Captain hier das Glas ordentlich voll — er musste in Algier und an Bord der Tartane lange genug auf einen guten Schluck verzichten. Habe ich Recht, Mr. du Valle?» Henry grinste verlegen und nickte nur. Der Stewart zog sich zurück und kehrte kurz danach mit einer Weinflasche und zwei Gläsern zurück. Nachdem er eingeschenkt und Henrys Glas dabei randvoll geschüttet hatte, verließ er die Kajüte wieder.

Sir Horatio erhob sein Glas und sagte: «Ich trinke auf Ihr Wohl, Captain du Valle. Mögen Ihre Nachrichten meine Erwartungen erfüllen.» Henry du Valle erwiderte den Toast. Dann tranken beide. Der Wein war erstaunlich kühl und schmeckte ausgezeichnet.

«Nun, Captain du Valle, wie ist es Ihnen seit unserer letzten Begegnung ergangen?», fragte Sir Horatio und begann damit den dienstlichen Teil ihrer Unterhaltung. «Ich kehrte nach Gibraltar zurück, wo mich der Befehl erwartete, einen Mr. Hoaxley, seines Zeichens Sondergesandter seiner Majestät, mit einem größeren Geldbetrag zum Dey von Algier zu befördern. Das gelang mir erst ist zweiten Anlauf, denn zunächst bekamen wir es mit spanischen Kaperschiffen zu tun, denen unsere wertvolle Fracht durch Verrat bekannt geworden war. Schließlich erreichten wir Algier. Da Mr. Hoaxley und der britische Konsul in Algier, ein Mr. Masters, den Eindruck erweckten, ich wäre des Französischen nicht mächtig…» Hier unterbrach ihn Sir Horatio lachend: «Wie in aller Welt konnte man jemanden dazu bringen, Ihre Französischkenntnisse in Zweifel zu ziehen?» «Nun, Sir Horatio, Mr. Masters stellte mich als Captain Vail vor», antwortete Henry du Valle. «Und mit diesem, nennen wir es einfach Versprecher, konnten Sie tatsächlich jemanden täuschen?», fragte der Admiral leicht zweifelnd. «Ich bekam einen Amerikaner als Tischnachbarn und ein anderer Nachbar unterhielt sich recht freimütig mit dem Kommandanten einer französischen Bark, die im Hafen von Algier Weizen lud, sagte Henry. «Und so erfuhren Sie etwas über die französische Flotte», vermutete Sir Horatio. «Ganz genau Sir, so erfuhr ich, dass die Bark nach Alexandria bestimmt war, um die französische Armee zu versorgen», bestätigte Henry. «Alexandria!», rief Sir Horatio aus und donnerte mit der Faust auf den Tisch, «In Alexandria habe ich diese verdammten Franzosen gesucht, aber der Hafen war leer!» Henry du Valle nickte zustimmend und sagte: «Davon habe ich gehört, Sir. Sie müssen die Franzosen unbemerkt überholt haben und kamen so vor ihnen in Alexandria an.»

Der Admiral konnte es nicht fassen. Er sprang auf und lief ruhelos in der Kajüte umher. Henry du Valle erhob sich, der militärischen Disziplin folgend, ebenfalls und stand nun in Habachtstellung neben dem Tisch. Nachdem sich Sir Horatio etwas beruhigt hatte, wandte er sich wieder an Henry du Valle: «Dieser verdammte General Bonaparte. Ich erinnere mich noch gut, wie er uns damals aus Toulon vertrieben hat. Schon damals schien er mit dem Teufel im Bunde zu stehen. Wissen Sie, ob er noch in Alexandria ist?» «Soweit ich in Erfahrung bringen konnte, ist er den Nil hinaufgezogen und rückt nach Kairo vor», antwortete Henry du Valle. «Und was ist mit den Schiffen?», wollte Sir Horatio nun wissen. «Der Hafen von Alexandria war noch gut gefüllt, aber die meisten Handelsschiffe sind wohl wieder nach Frankreich zurückgekehrt. Die Kriegsflotte befindet sich nicht in Alexandria, weil der Platz fehlte und der Hafen auch stellenweise zu seicht ist. Deshalb wurden sie nach der erfolgreichen Landung in eine Bucht nordöstlich von Alexandria verlegt. Sie liegt hinter einer Halbinsel namens Abukir. Dort soll es auch genügend Wasser für die Flotte geben», berichtete Henry du Valle.

Ein Leutnant trat ein und meldete: «Captain Troubridge kehrt zurück.» «Danke, Mr. Ayde, signalisieren Sie ihm, dass er schnellstmöglich zu mir kommen soll», befahl Sir Horatio. Leutnant Ayde salutierte und verließ die Kajüte. Sir Horatio bat Henry, wieder Platz zu nehmen. Henry du Valle schenkte beiden Wein nach. Nun ließ sich Sir Horatio in aller Ausführlichkeit vom Gefecht der *Mermaid* mit den spanischen Galeeren berichten. Als sie ein drittes Glas tranken, öffnete sich die Tür und Thomas Troubridge trat ein.

«Nun Thomas, was kannst Du mir berichten?», fragte ihn Sir Horatio. «Die Türken gehen davon aus, dass die Franzosen die syrische Küste ansteuern», antwortete Captain Troubridge. Nelson schüttelte den Kopf: «Inzwischen wissen wir es besser, Ägypten war ihr Ziel. Wir waren nur wenige Stunden zu früh dort, sonst hätten wir ihre Landung verhindern können». Dann wies er auf Henry und sagte: «Unser junger Freund hat die Franzosen in Alexandria gesehen.» Captain Troubridge zwinkerte Henry lächelnd zu und meinte dann: «Einmal mehr dürfen wir uns glücklich schätzen, Sie an unserer Seite zu wissen, Captain du Valle.»

Henry du Valle wusste, dass dieses Lob ehrlich gemeint war. Thomas Troubridge war nicht der Mann, der anderen ihre Erfolge missgönnte. Für ihn stand der gemeinsame Erfolg im Mittelpunkt. Deshalb verstand er sich auch so blendend mit Sir Horatio. Trotzdem fühlte Henry du Valle eine starke Verlegenheit und er fürchtete zu erröten.

Zum Glück wechselte Sir Horatio nun das Thema. Er plante nun bereits den Angriff auf die französische Flotte bei Abukir. «Es ist wirklich schade, dass Ihre *Mermaid* nicht hier ist, Captain du Valle», sagte er. «Haben Sie mit ihr ein Rendezvous vereinbart oder müssen Sie den ganzen Weg zurück nach Algier?», fragte Captain Troubridge. «Die Mermaid erwartet mich zwischen Sizilien und Malta, nachdem sie Mr. Hoaxley nach Gibraltar zurückgebracht hat», antwortete Henry du Valle.

«Dann ist keine Zeit zu verlieren. Kehren Sie auf die Tartane zurück, treffen Sie ihr Schiff und stoßen Sie so bald wie möglich zu meiner Flotte», befahl Sir Horatio.

24

Keine halbe Stunde später trennte sich die *Nuras* von der Flotte und nahm Kurs auf den Malta Kanal, die Meerenge zwischen Malta und Sizilien. Da der Wind weiter durchstand, kam die Tartane gut voran. Trotzdem lief Henry du Valle voller Ungeduld auf dem Deck umher. Er wusste, wie wichtig die *Mermaid* für Sir Horatio war. Er hatte keine Fregatten, so dass ihm nur eine Sloop für Aufklärungsaufgaben zur Verfügung stand. Die *Mermaid* hätte also seine diesbezüglichen Kapazitäten verdoppelt.

Außerdem machte er sich Sorgen um seine geliebte *Mermaid*. Bisher war er viel zu beschäftigt gewesen, sich große Gedanken um das Wohlergehen seines Schiffs zu machen, doch nun hatte er Zeit und vor seinem inneren Auge tauchten immer neue Gefahren auf, die seine wunderschöne Sloop bedrohen könnten. Dabei sagte er sich, dass er in Joseph Townsend den besten Vertreter hatte, den er sich wünschen konnte. Er war ein hervorragender Seemann und er liebte die *Mermaid* ebenso wie Henry. Immerhin hatten sie gemeinsam diese schmucke Prise erobert.

Immer wieder nahm Henry du Valle sein Fernrohr zur Hand und suchte den Horizont ab. Wiederholt tauchten Fischerboote am Horizont auf, die meist schnell das Weite suchten. Das zentrale Mittelmeer war ein gefährliches Gewässer, weil hier viele verschiedene Interessensphären aneinandergrenzten. Einmal kam eine Polacca[54] in Sicht, die

---

[54] Dreimastiges Segelschiff mit Mischung aus Rah- und Latainsegeln im Mittelmeerraum

unter französischer Flagge segelte und sich nicht weiter um die kleine Tartane kümmerte. Ihrem Kurs nach zu urteilen kam sie aus Ägypten, hatte also wahrscheinlich Nachschub dorthin gebracht.

Als es dunkel wurde und der letzte Lichtstreif am Horizont verschwand, sprach die algerische Besatzung das letzte Gebet des Tages. Henry beschloss, etwas zu schlafen. So würde die Zeit schneller vergehen.

Wenige Stunden später, die Sonne tauchte als roter Ball aus dem Meer im Osten auf, war Henry längst wach. Er hatte den Sonnenaufgang auf dem Mast erwartet und seine Beine begannen nun schon zu schmerzen. Im ersten Licht des Tages suchte er den Horizont ab, der aber leer blieb. Henry enterte ab. Seine Beine waren ganz steif und die ersten Schritte an Bord waren ziemlich schmerzhaft. Ahmed Reis beobachtete ihn mit einem Lächeln und lud ihn zum Morgenkaffee ein.

Das kleine Tässchen mit dem heißen und bitteren Getränk wirkte belebend. Der algerische Kapitän plauderte mit ihm und für einen kurzen Augenblick vergaß Henry seine innere Unruhe. Als der Ausguck am Bug ein fremdes Segel meldete, sprang Henry aber sofort auf und stürzte nach vorn. Wieder handelte es sich nur um ein Fischerboot mit einem großen Lateinersegel.

Henry kehrte zu Ahmed Reis zurück. Der sah ihn lächelnd an und sagte: «Bleibe ganz ruhig, Henry Reis. Vor morgen früh werden wir die Meerenge nicht erreichen.» Henry erwiderte das Lächeln und antwortete: «Ich weiß, ich weiß es ganz genau, aber ich mache mir Sorgen. Zu viele feindliche Schiffe passieren den Malta-Kanal und ich frage mich, ob ich eine kluge Wahl getroffen habe, mich dort zu verabreden.»

Als sich der westliche Horizont schon langsam wieder rötlich färbte, ertönte die Stimme Charlie Starrs vom Mast, der vor der Nacht einen letzten Rundblick gehalten hatte: «Segel in Sicht, Sir, ich glaube, es ist die *Mermaid*.» Aufgeregt schnappte sich Henry du Valle sein Fernrohr, hängte es sich um und stieg den Mast empor, wo Charlie Starr in Richtung Südost zeigte. Der Bootssteurer machte Henry Platz, der das ferne Segel durch das Fernrohr anpeilte.

Tatsächlich, diese Segel und diese Linien hätte er unter tausenden Schiffen erkannt. Es war seine *Mermaid*. Und sie war nicht allein. In ihrem Windschatten segelte die Polacca vom Vortag. Henry rief: «Ahmed Reis, lass nach Südosten steuern, dort kommt mein Schiff!»

Die *Nuras* war ein wendiges Schiff und wenig später lag der gewünschte Kurs an. Henry ließ zur Sicherheit wieder die Kennung der *Mermaid* setzen. So näherten sich beide Schiffe in hoher Geschwindigkeit, wobei die *Nuras* ein wenig langsamer war, weil der Wind für sie auf ihrem Kurs ungünstiger stand.

Leutnant Townsend stand am Bug der *Mermaid* und winkte begeistert, als er die Tartane erkannte. «Willkommen zurück, Sir!», rief er. Henry grüßte zurück.

Die *Nuras* beschrieb einen Halbkreis, ging auf Parallelkurs zur *Mermaid* und machte schließlich an ihrer Bordwand fest. Eine kurze Jakobsleiter wurde herabgelassen und Henry du Valle kletterte auf das Deck seiner Sloop. Die Bootsmannsmaate hatten Aufstellung genommen und bliesen ihre Pfeifen, doch Henry winkte lachend ab. Er brauchte jetzt kein Zeremoniell, er wollte einfach nur die Planken seiner *Mermaid* unter seinen Füßen spüren.

Nach einer kurzen Begrüßung durch Joseph Townsend und Mr. Ellis zeigte Henry zu der Polacca hinüber und fragte seinen Freund: «Haben wir eine Prise erobert?» Der Leutnant grinste über das ganze Gesicht und meinte stolz: «In der Tat, Sir.» Doch dann erinnerte sich Henry seiner Gastgeberpflichten lud Ahmed Reis auf die *Mermaid* ein und sagte nur zu Joseph Townsend: «Da will ich nachher aber die ganze Geschichte hören!»

Zum Abschied tranken beide einen von Jeeves zubereiteten Tee. Dann rechnete Henry du Valle den Chartervertrag mit Ahmed Reis ab. Er zahlte dem Algerier etwas mehr, als vereinbart war. Das konnte er frei entscheiden, denn er hatte die *Nuras* ohnehin auf eigene Rechnung gechartert.

Eine weitere Tasse später verabschiedete sich Ahmed Reis. Henry brachte seinen Gast zur Reling, wo sich die Männer zum Abschied umarmten. Dann sprang Ahmed Reis hinunter auf das Deck der Tartane. Die *Nuras* machte los, setzte ihr Segel, das sich rasch wieder füllte und entfernte sich in Richtung des rötlichen Horizonts, an dem die Sonne längst untergegangen war.

25

Henry du Valle nahm an diesem Abend eine einsame Mahlzeit ein. Die Offiziersmesse hatte schon vor der Begegnung mit der *Nuras* ihr Dinner eingenommen. Aber für den folgenden Tag hatte er eine Einladung seiner Offiziere erhalten.

Das gab Henry die Gelegenheit, seine private Post beim Essen zu lesen. Aus Gibraltar waren ihm einige Briefe aus Guernsey und ein dickes Bündel mit Briefen von Annika mitgebracht worden. So erfuhr er von seinen Eltern, dass Louis glücklich heimgekehrt war. Auf der Höhe von Brest hatte er doch noch eine gute Prise erobern können.

Annika schrieb ihm von ihrem Alltag, der zu großen Teilen aus der Beaufsichtigung der Bauarbeiten auf Knights Manor bestand. Das alte Herrenhaus, das ursprünglich aus einem alten normannischen Wehrturm mit einem niedrigen Anbau bestand, erhielt einen modernen, zweigeschossigen Flügel, wo sich ihre zukünftigen Wohn- und Schlafräume befinden würden. Im alten Anbau sollten die Räume für die Dienerschaft entstehen.

Neben den vielen Briefen, in denen Annika auch über ihre Liebe und ihre Sehnsucht nach Henry schrieb, hatte sie ihm noch ein großes, aber flaches Paket gesandt. Als Henry es geöffnet hatte, hielt er ein lebensechtes Porträt seiner zukünftigen Verlobten in den Händen. Annika hatte es in London von Lemuel Abbot anfertigen lassen. Henry war völlig hingerissen von diesem wunderbaren Geschenk. Zugleich gab es ihm aber auch einen Stich ins Herz und ihm wurde mit ganz besonderer Wucht einmal mehr bewusst, wie sehr ihm seine Annika fehlte. Old Jarvie hatte schon Recht. Ein verheirateter Offizier war für die Navy verloren. Andererseits war der alte Schwerenöter ja selbst verheiratet.

Am nächsten Morgen ließ Henry du Valle Annikas Portrait über seinem Schreibtisch aufhängen. Hier verbrachte er die meiste Zeit, wenn er nicht an Deck war. Noch in der Nacht hatte er Annika einen langen Brief geschrieben, in dem er sich für das wunderbare Bild bedankte. Mittlerweile war der Stapel mit seinen Briefen schon ziemlich hoch, denn seit Algier hatte es für ihn keine Gelegenheit gegeben, seine Briefe zu versenden. Auch bei Sir Horatios Flotte gab es keine Möglichkeit dafür, da der Admiral keins seiner Schiffe entbehren konnte.

Nach einem raschen Frühstück ging Henry du Valle an Deck. Die *Mermaid* fuhr auf einem Kurs, der sie zu Nelsons Flotte führen sollte. Allerdings hatte die Flotte nach Henrys Schätzung noch gut zwei Tage Vorsprung, falls auch für sie diese Sanfte Brise von Backbord wehte. Die Polacca hielt sich immer auf der Leeseite der *Mermaid*. Mr. Larkin fungierte als ihr Prisenkommandant. Von Joseph Townsend hatte Henry erfahren, dass die Polacca Kriegsbeute aus Ägypten geladen hatte – altägyptische Statuen, Gold- und Silberschmuck und sogar einige Mumien. Liebhaber in England würden dafür bestimmt eine erkleckliche Summe zahlen.

Joseph Townsend hatte die Wache. Als Henry an Deck erschien, machte er sofort die Luvseite des Achterdecks frei, wie es die Tradition vorschrieb. Nachdem Henry seinen täglichen Spaziergang absolviert hatte, gesellte er sich zu Joseph Townsend, der hinüber zur Polacca schaute. «Eine hübsche Prise», meinte Henry du Valle. Joseph Townsend nickte und antwortete: «Ja, das ist wirklich ein schöner Segler. Und er ist uns förmlich von allein in die Hände gefallen». «Jetzt hast Du mich aber neugierig gemacht, was ist passiert?», wollte Henry wissen. «Die Polacca wurde von einer Schebecke verfolgt, die wahrscheinlich aus Tripolis stammte. Als sie uns sichtete, hielt sie uns wohl für Franzosen und nahm direkten Kurs auf uns. Die Schebecke drehte ab und die Franzosen auf der Polacca bekamen einen riesigen Schreck, als sie erkannten, wer sie da gerettet hat», berichtete Joseph Townsend. «Ich werde dafür sorgen, dass Du den vollen Kommandantenanteil bekommst», versprach Henry, «Immerhin war ich ja nicht einmal in der Nähe, als Du die Prise genommen hast.»

Joseph Townsend hatte seine Sache wirklich gut gemacht, dachte sich Henry du Valle. Nur schade, dass sich die Polacca beim besten Willen nicht als Kriegsschiff eignete, sonst hätte er seinen Freund als ihren Kommandanten eingesetzt. Sir Horatio hätte diese Ernennung sicherlich bestätigt.

Am Nachmittag fand das Dinner in der Offiziersmesse statt. Am Vormittag war einem der Marineinfanteristen ein großer Thunfisch an die Angel gegangen, der nun das eindrucksvolle Hauptgericht auf der Tafel war.

Die Gespräche bei Tisch drehten sich um die Ereignisse, nachdem Henry du Valle Algier verlassen hatte. Er erzählte von seiner Fahrt nach Alexandria und der Entdeckung der französischen Mittelmeerflotte in der Bucht von Abukir. Mr. Ellis erzählte von der Fahrt nach Gibraltar. Die Leiche des Verräters hatte noch immer am Galgen gehangen. Der

Doktor erzählte von zwei irischen Sklaven, die er am Hafen von Algier getroffen hatte. Mit der Hilfe von Sergeant Digby hatte er sie an Bord geschmuggelt. Als Mr. Hoaxley nach der Abfahrt aus Algier davon erfuhr, wäre er fast in Ohnmacht gefallen. Leutnant Townsend hatte ihm aber klargemacht, dass er die beiden Vollmatrosen sehr gut als Toppgasten gebrauchen konnte - und was die Royal Navy einmal hatte, gab sie nicht mehr her.

Während nach dem Essen die Portweinflaschen kreisten, kam Mr. Nutton in die Messe. Er trug seinen im Gefecht mit den Galeeren ausgekugelten Arm noch immer in einer Schlinge. «Sir, wir haben viele Segel Backbord voraus gesichtet. Sie scheinen dasselbe Ziel wie wir zu haben», meldete er. «Dann scheinen wir unsere Flotte eingeholt zu haben», antwortete Henry du Valle erleichtert.

Er stand sofort auf, entschuldigte sich bei Joseph Townsend, dem Vorstand der Offiziersmesse und ging an Deck. Natürlich handelte es sich bei den gesichteten Segeln mit größter Wahrscheinlichkeit und Sir Horatios Flotte, aber Henry hatte gelernt, im Krieg nichts als gegeben hinzunehmen. Gar zu oft neigten Ausguckposten dazu, genau das zu sehen, was sie zu sehen erwarteten. Das konnte im schlimmsten Fall den Unterschied zwischen Sieg und Niederlage ausmachen.

Mr. Lewis hatte die Wache. «O'Brian hat die Segel gesichtet», meldete er. «O'Brian?», antwortete Henry du Valle fragend. «Das ist einer unserer neuen Toppgasten aus Algier», berichtete Mr. Lewis. Henry beschloss, sich die gesichtete Flotte selbst anzuschauen. Er ließ sich von Mr. Nutton sein Fernrohr bringen und enterte auf den Fockmast auf.

O'Brian auf der Fockbrahmsaling grinste seinen neuen Kommandanten unbeschwert an. Er war ein magerer, sommersprossiger Mann mit langen roten Haaren, die wild im Wind wehten. «Die Segel sind zwei Strich in Backbord voraus, wir holen langsam auf», meldete O'Brian in einem seltsamen Kauderwelsch, der seine Version des Englischen war. Henry kannte diesen schwer verständlichen Dialekt bereits von anderen Iren seiner Besatzung.

Er setzte sein Fernrohr an und suchte die angegebene Richtung ab. Tatsächlich, da waren sie. Henry du Valle erkannte die *Leander* ganz am Ende der Linie, davor die *Swiftsure* und die *Bellerophon.* Das war die britische Flotte.

26

Nachdem die Erkennungssignale ausgetauscht waren, wurde der *Mermaid* der Platz an der Luvseite der *Vanguard* zugewiesen. Ihre Aufgabe bestand nun darin, die Signale des Flaggschiffs für alle sichtbar zu wiederholen. Die Polacca folgte der *Mermaid* wie ihr Schatten.

Kurz vor dem Einsetzen der Dämmerung wurden alle Kommandanten auf das Flaggschiff gerufen. Sir Horatio lud zum Dinner ein. Henry du Valle war nach dem Dinner in der Offiziersmesse bereits satt, doch eine Einladung des Vorgesetzten konnte man nicht ausschlagen.

Die große Admiralskajüte der *Vanguard* war bereits hell erleuchtet, als die Boote der Kommandanten dem Flaggschiff zustrebten. Bei dieser Einladung wurde auf das große Zeremoniell verzichtet. Die Kapelle spielte zwar, doch ansonsten war kein Empfangskomitee angetreten. Die Kommandanten trafen nacheinander ein. Einige trafen sich an Deck, um zunächst ein kurzes Privatgespräch zu führen und schlenderten dann in die große Kajüte. Die ganze Atmosphäre war vollkommen zwanglos.

Henry du Valle traf auf Captain Saumarez. Sie hatten sich zwar schon des Öfteren aus der Ferne gegrüßt, doch zu einer direkten Begegnung war es im Mittelmeer noch nicht gekommen. Natürlich kannten sich beide von Guernsey, hatten dort aber nicht viel miteinander zu tun, was bei einem Altersunterschied von zwanzig Jahren kein Wunder war. Immerhin konnten sie Informationen über gemeinsame Bekannte austauschen.

In der Admiralskajüte mit ihrer riesigen Tafel endete dann die Zwanglosigkeit. An seiner Tafel vertrat Sir Horatio den König und die Sitzordnung ergab sich streng aus der Rangordnung. An der Stirnseite saß Sir Horatio als Gastgeber und Ranghöchster. Zu seinen Seiten saßen Captain Saumarez als Zweitkommandierender und Captain Troubridge und alle anderen Vollkapitäne[55] folgten nach dem Datum ihrer Beförderung. Henry du Valle saß als Commander mit Commander Hardy von der *Mutine* fast am Ende der Tafel. Nach ihnen kamen nur noch einige Leutnants, die auf persönliche Einladung des Admirals erschienen waren. Henry erkannte Hoste von der *Theseus*, Aubrey von der *Leander* und Duval von der *Zealous*. Daneben sorgten einige Marineinfanteristen in ihren roten Röcken für Farbtupfer im blauen Einerlei der Marineuniformen.

Auf ein Zeichen von Sir Horatio strömten Stewards mit silbernen Platten, auf denen sich die verschiedensten Köstlichkeiten türmten, in die Kajüte. Henry bediente sich zwar bei der einen oder anderen Speise, aß aber nur mäßig. Commander Hardy fiel das auf. «Greifen Sie nur ordentlich zu, Captain du Valle», sagte er. «Ich komme fast direkt von einer Einladung meiner Offiziersmesse», entschuldigte sich Henry und trank Hardy zu.

Schließlich wurde die Tafel abgeräumt und die Portweinflaschen begannen zu kreisen. Nun löste sich die allgemeine Ordnung ein wenig auf, denn Sir Horatio verließ

---

[55] Vollkapitäne oder englisch post captains hatten tatsächlich den Dienstgrad, während Commander und kommandierende Leutnants aus Höflichkeit Captain genannt wurden.

seinen Platz, um mit jedem seiner Gäste ein paar persönliche Worte zu wechseln. Als er zu Thomas Hardy und Henry du Valle kam, sagte er laut: «Unsere beiden jüngsten Kommandanten haben eine Gemeinsamkeit. Sie haben beide ihre Schiffe persönlich erobert. Mit solchem Nachwuchs braucht uns auch um die Zukunft nicht bange zu sein.» «Hört, hört!», rief Captain Ball von der *Alexander* und erhob sein Glas, um auf die beiden jungen Offiziere zu trinken. Die ganze Runde folgte seinem Beispiel.

Henrys Kopf brannte förmlich vor Verlegenheit, und auch Thomas Hardy hatte einen hochroten Kopf. Zum Glück wandte sich Sir Horatio nun den nächsten Offizieren an der Tafel zu, die gerade hitzig über die richtige Taktik im Seegefecht diskutierten. «Wie sehen Sie das, Sir Horatio?», fragte Leutnant Duval. «Legen Sie als Kommandant Ihr Schiff neben das des Feindes, damit können Sie nichts falsch machen», antwortete Sir Horatio mit einem Lächeln.

Leutnant Hoste diskutierte mit Leutnant Aubrey Sir Horatios Manöver in der Schlacht bei Kap St. Vincent. Beide hatten an der Schlacht teilgenommen, William Hoste sogar an Bord der *Captain*[56], jedoch kannten beide nur die Perspektive durch die Luken ihrer Geschützdecks. Als Sir Horatio zu ihnen trat, hatten sie die Schlacht auf der Tafel mit verschiedenen Utensilien nachgestellt. Sir Horatio sah sich die Szenerie an und sagte dann: «Aubrey, würden Sie mir das Salz reichen?» Der Leutnant gab ihm den Salzstreuer

---

[56] Kommodore Nelsons Schiff in der Schlacht bei Kap St. Vincent

und Sir Horatio sagte, während er ihn auf der Tafel platzierte: «Hier haben wir die spanische Linie durchbrochen.»

Nach dem Dinner versammelten sich alle Kommandanten an einem großen Kartentisch. Captain Foley von der *Goliath* besaß einen alten französischen Atlas mit recht genauen Darstellungen der ägyptischen Küste inklusive der Tiefenangaben. Daraus war eine Karte der Bucht von Abukir kopiert worden. Henry du Valle zeigte auf der Karte, wo er die französischen Schiffe gesehen hatte. «Entweder kennen die Franzosen diese Karte nicht oder die Tiefenverhältnisse der Bucht haben sich im Laufe der Jahrzehnte verändert», meinte Captain Saumarez stirnrunzelnd. «Ach was, sie trauen ganz einfach nicht ihrer Seemannschaft. In der Bucht gibt es keine Strömung, also werden sich die Untiefen kaum verändert haben», entgegnete Captain Foley.

Sir Horatio hörte sich die Diskussion seiner Kommandanten an. Dann erklärte er jedem einzelnen seine Aufgabe für die bevorstehende Schlacht. Henry du Valle sollte sich mit der *Mermaid* beim Flaggschiff halten, während Thomas Hardys *Mutine* neben der an der Spitze segelnden *Culloden* bleiben sollte. So war jederzeit die Kommunikation zwischen Vorhut und Flaggschiff gesichert. Zum Abschied meinte Nelson: «Morgen werden wir vermutlich eine große Seeschlacht erleben. Viele von uns waren bereits am Kap St. Vincent dabei, für andere wird es eine vollkommen neue Erfahrung sein. Unsere Feinde sind zwar in etwa so stark wie unser Geschwader, aber sie werden Unterstützung durch Landbatterien erhalten. Stellen wir uns auf einen heißen Tanz ein, der uns entweder eine Peerswürde oder ein hübsches Begräbnis in Westminster Abbey einbringen wird[57].»

Alle Anwesenden antworteten mit einem dreifachen Hurra auf ihren Admiral. Einige hatten dabei Tränen der Rührung und Begeisterung in den Augen.

Später saß Henry du Valle bei einem Glas Rotwein allein in seiner Kajüte. Er hatte seinen Offizieren von dem Abend bei Sir Horatio berichtet und seine Begeisterung hatte sich auf sie übertragen. Nun kam er endlich etwas zur Ruhe und betrachtete gedankenversunken Annikas Porträt. Was würde morgen sein? Wenn er fiel, würde man ihn im Gefecht mit den anderen einfach über Bord werfen. Ein großes Begräbnis winkte ihm nicht und auch kein Adelstitel. Doch eigentlich war die Teilnahme an der Schlacht ja auch nicht seine Aufgabe. Es galt das ungeschriebene Gesetz, dass sich nur die Linienschiffe bekämpften und man die kleineren Einheiten unbehelligt ließ, solange sie nicht in das Gefecht eingriffen. Aber Henry wollte sich auf keinen Fall heraushalten. Er würde einen Weg finden, seinen Beitrag zu leisten.

---

[57]Wörtlich: Before this time tomorrow I shall have gained a peerage, or Westminster Abbey.

27

Als am nächsten Morgen die Sonne aufging, beschien sie ein langgestrecktes Geschwader, das unter vollen Segeln der ägyptischen Küste zustrebte. Sir Horatio beabsichtigte, seinen Landfall auf der Höhe von Alexandria zu machen. So wollte er sichergehen, dass er die französische Flotte nicht verpasste, falls sie in der Zwischenzeit dorthin verlegt worden war, um die Nachschubtransporte der französischen Armee besser schützen zu können. Gegen Mittag wurde die Küstenlinie langsam sichtbar, aber durch die flirrende Hitze waren aus der Ferne keine Details erkennbar. Die Stadtsilhouette von Alexandria war bestenfalls zu erahnen.

Sir Horatio schickte die *Alexander* und die *Swiftsure* voraus, um einen Blick in den Hafen zu werfen. *Culloden* und *Mermaid* bekamen den Befehl, zwischen diesen Schiffen und dem Geschwader Fühlung zu halten. Henry du Valle ließ mehr Segel setzen, was auch auf den drei Linienschiffen getan wurde. Dann setzten sie sich unter Führung der *Alexander* vom Geschwader ab, das nach einer Weile beidrehte, um das Ergebnis der Erkundungsfahrt abzuwarten. Die Polacca blieb beim Geschwader zurück.

Langsam besserte sich die Sicht auf den Hafen von Alexandria und schnell wurde klar, dass sich die französische Flotte nicht hier befand. Henry du Valle war davon nicht überrascht, denn bei seiner Fahrt mit der *Nuras* hatte die in der Bucht von Abukir liegende Flotte keine Aktivitäten eines baldigen Auslaufens erkennen lassen.

Kaum hatte die *Mermaid* die Meldung an das Flaggschiff übermittelt, erfolgte von dort die Antwort: «Vorhut zum

Geschwader zurückkehren!» Henry du Valle ließ das Signal bestätigen und befahl: «Mr. Townsend, bitte lassen Sie die Royals und den Außenklüver setzen. Wir wollen so schnell wie möglich zum Flaggschiff aufschließen.» Leutnant Townsend gab den Befehl an den Bootsmann weiter, dessen Gehilfen mit ihren Bootsmannspfeifen alle Mann zum Segelsetzen riefen. Blitzschnell strömten die Toppgasten an den Wanten nach oben und legten auf die Rahen aus. Wenig später flatterten die Segel im Wind, wurden dichtgeholt und füllten sich.

Die *Mermaid* machte gute Fahrt, doch bei den gegenwärtigen Windverhältnissen musste sie kreuzen. Sir Horatios Geschwader, das inzwischen Kurs auf Abukir genommen hatte, kam besser voran, weil es günstiger zum Wind stand und Henry musste einsehen, dass er nicht vor Beginn der Dämmerung würde aufschließen können. So blieb ihm im Moment nur die Rolle des Beobachters und der Trost, dass sich die Schiffe der Vorhut in einer noch viel ungünstigeren Position befanden.

Henry konnte sehen, welche Anstrengungen auf den Linienschiffen unternommen wurden, um schneller zum Geschwader aufschließen zu können. So konnte er auch sehen, dass sie dichter an der Küste blieben, um so einen Teil des Weges, den Sir Horatios Geschwader zurückzulegen hatte, abschneiden zu können. Mr. Ellis, der neben Henry auf dem Achterdeck stand, hielt das für eine gute Idee. Wenn er als Master der *Mermaid* einen Vorschlag zum günstigsten Kurs unterbreitete, war das auch kein Sakrileg. Vielmehr war jeder Kommandant gut beraten, wenn er auf seinen Master hörte.

Der Master sagte: «Sir, *Culloden*, *Alexander* und *Swiftsure* werden auf ihrem gegenwärtigen Kurs Boden gutmachen, obwohl der Wind nicht günstig für sie steht.» Henry nickte und fragte dann: «Denken Sie, wir sollten es ihnen nachtun?» «Ja Sir, allerdings sollten wir zunächst versuchen, noch etwas Höhe zu gewinnen, um dann die Halbinsel direkt ansteuern zu können», antwortete Mr. Ellis.

Die Idee war einleuchtend, fand Henry du Valle. In einem großen Schlag ließ er die *Mermaid* nach Nordwesten segeln, bis sie den optimalen Punkt zur direkten Ansteuerung Abukirs erreicht hatte. So kam es, dass die Sloop nun viel weiter westlich stand, als das ganze Geschwader Sir Horatios. Doch nun hatte sie den Vorteil, bei stetigem Seitenwind und unter vollen Segeln das ferne Land anzusteuern. So würde sie vor allen anderen Schiffen Abukir erreichen.

In der Ferne sah Henry, wie sich die vordersten Schiffe des Geschwaders förmlich ein Rennen um die Führung lieferten. Jeder wollte der Erste sein. Eigentlich widersprach das der Marinedisziplin, doch Henry wusste, dass Sir Horatio die Franzosen noch heute angreifen wollte, um ihnen keine Zeit zur Vorbereitung zu geben. Da es bereits Nachmittag war und es nach einer kurzen Dämmerung relativ schnell dunkel wurde, hatten die Briten keine Zeit zu verlieren, wenn sie halbwegs sicher in die untiefenverseuchte Bucht von Abukir einlaufen wollten.

Inzwischen signalisierten *Zealous* und *Goliath* «Feind in Sicht». Sie hatten die Masten der französischen Flotte entdeckt. Das Flaggschiff antwortete mit dem Signal «Kur auf den Feind nehmen». Damit waren die Würfel gefallen und in den nächsten zwei Stunden würde die Schlacht beginnen.

Sir Horatio Nelson, Konteradmiral der blauen Flagge[58], stand auf dem Achterdeck seines Flaggschiffs. Die *Vanguard* segelte in der Mitte des Geschwaders. Von seinem Platz aus hatte Sir Horatio sowohl Vor- als auch Nachhut gut im Blick. So sah er, wie *Goliath* und *Zealous* verbissen um die Führungsposition kämpften. Captain Berry stand neben ihm und sah, was sein Vorgesetzter beobachtete. «Sir, soll ich die Beiden zur Ordnung rufen?», fragte er. Nelson wandte sich lächelnd zu ihm um und antwortete: «Nein, Edward, sie werden sich schon nicht gegenseitig versenken. Außerdem ist die Zeit ein wichtiger Faktor meines Plans. Die Franzosen werden nicht damit rechnen, dass wir sie in der Dämmerung angreifen, aber falls doch, sollten sie möglichst wenig Zeit zur Vorbereitung haben.»

Plötzlich stutzte er und hielt sein Fernglas wieder an sein Auge. Die Schulter eines Midshipman diente ihm dabei als Stütze, da es schwer war, das Fernrohr mit nur einer Hand ruhig zu halten. Von Backbord stürmte die *Mermaid* unter vollen Segeln heran und kreuzte den Bug der gerade führenden *Zealous*. «Dieser Teufelskerl», murmelte Sir Horatio. «Was hat er vor, Sir?», fragte Captain Berry, der das Manöver ebenfalls gesehen hatte, «Er kann das Geschwader doch nicht mit seiner kleinen Sloop ins Gefecht führen.» Nelson lachte bei dieser Vorstellung. Dann sagte er: «Nein, so verrückt ist er nicht, im Gegenteil, er ist genau die Art Kommandant, die sich ein Admiral wünscht. Er

---

[58] Neben der Einteilung der Admiralsränge in Konteradmiral, Vizeadmiral und Admiral, wurden die einzelnen Ränge noch in blaue, weiße und rote Flagge unterteilt

denkt mit. Wenn ich mich nicht vollkommen in ihm täusche, will er seine Ortskenntnis dafür nutzen, für das Geschwader den Beginn der Untiefen zu markieren.»

Der Admiral täuschte sich nicht. Die *Mermaid* setzte ihre Sturmfahrt zunächst fort und gewann rasch einen Vorsprung vor dem Geschwader. Sobald sie die Höhe von Fort Abukir erreicht hatte, näherte sie sich der Küste und drehte schließlich bei. Zugleich stiegen mehrere Signalflaggen an ihrer Besanrah empor, die sich aus der großen Entfernung jedoch noch nicht deuten ließen.

Sir Horatio wandte sich zufrieden zu Captain Berry um. Sein Auge sprühte förmlich vor Begeisterung. «Wenn alle unsere Kommandanten so einen Eifer an den Tag legen wie Captain du Valle, wird das heute ein großer Tag für uns alle!», rief er aus.

Über Fort Abukir stieg die Trikolore empor und die Batterie eröffnete das Feuer. Offenbar wollte man den vorwitzigen Eindringling vertreiben. Doch alle Schüsse lagen viel zu kurz. Sir Horatio und Captain Berry hatten diese erste Salve der Franzosen beobachtet und schauten sich nun verwundert an. «Man kann den Franzosen ja alles Mögliche unterstellen, aber dass sie schlechte Artilleristen sind, ist mir neu», sagte Captain Berry. Nelson nickte zustimmend. Der Admiral wandte sich zu seinem Sekretär um und befahl: «Mr. Campbell, bitte notieren Sie die Uhrzeit. Die *Mermaid* hat die Schlacht soeben begonnen.»

Wieder wurde die Bastion des Forts in Pulverdampf gehüllt, dann hörte man mit Verzögerung die Schüsse. Der Admiral stutzte. «Haben Sie das gehört, Edward?», fragte er. Captain Berry zuckte mit den Schultern und fragte zurück: «Was meinen Sie, Sir?» «Die Schüsse klangen irgendwie merkwürdig», sagte Sir Horatio. «Mir ist nichts aufgefallen», meinte Captain Berry ratlos.

Nelson hörte hinter sich ein leises Räuspern. Er wandte sich um und sah den Geschützmeister, der sich hier mit seinen Gehilfen aufhielt, um die Neunpfünder auf dem Achterdeck ein letztes Mal vor der Schlacht zu überprüfen. Das Räuspern war offensichtlich von ihm gekommen, denn er machte Front zu Sir Horatio und berührte seinen Hut. «Sie haben es auch gehört, Gunny[59]?», fragte der Admiral. «Aye, Sir Horatio, die Salve hörte sich an, als hätten die Franzosen viel zu kleine Kugeln verschossen», antwortete der Geschützmeister. «Ja, genau so hat es sich für mich auch angehört», stellte Sir Horatio fest, «Mir scheint, als fehlte den Franzosen die passende Munition für ihre Küstenbatterien.»

Als sich die führenden Schiffe allmählich der Abukir-Insel näherten, war es für Sir Horatio an der Zeit, die Schlachtlinie wieder etwas kompakter werden zu lassen. Er gab der Vorhut Befehl, die Segel zu kürzen, damit er mit der Hauptmacht aufschließen konnte. Als die Vorhut nur noch wenige Kabellängen entfernt war, ließ er die Signalflagge mit den jeweils zwei roten und weißen Feldern hissen, der Befehl an alle, den Feind anzugreifen. Sollten die Franzosen bis soeben noch gehofft haben, die Nacht für die Vorbereitungen auf die Schlacht nutzen zu können, spätestens jetzt wurden sie eines Besseren belehrt.

---

[59] Allgemeiner Spitzname für die Geschützmeister

29

Henry du Valle ließ unter dem harmlosen Feuer der Batterie von Fort Abukir Bug- und Heckanker ausbringen, um vor Anker liegend, die der Küste zugewandte Steuerbordbatterie besser auf eventuelle Angreifer ausrichten zu können. Auch an Bord der *Mermaid* hatte man festgestellt, dass die Franzosen offenbar nicht über die passenden Kanonenkugeln verfügten. So ignorierte man diese hilflosen Einschüchterungsversuche und richtete das Augenmerk lieber auf die Bucht von Abukir.

Dort tat sich inzwischen tatsächlich Einiges. Das Flaggschiff signalisierte hektisch und die Beiboote der Linienschiffe strebten der Küste zu, um ihre Mannschaften zurück an Bord zu holen. Da sich viele Gruppen weit im Landesinneren befanden, würde dieser Aktion kein großer Erfolg beschieden sein. Folgerichtig wurden alle verfügbaren Mannschaften von den tiefer in der Bucht liegenden Fregatten abgezogen, um die Geschützbatterien der Linienschiffe zu verstärken.

Im Bereich der Untiefen befanden sich einige kleinere Schiffe, zumeist als Kanonenboote eingesetzte Tartanen, aber auch einige Briggs. Aufgrund ihres geringen Tiefgangs konnten sie sich ganz ungefährdet über den Riffs bewegen. Während einige ihrer Besatzungen ebenfalls den Linienschiffen zustrebten, nahmen zwei Briggs Kurs auf die *Mermaid.* Henry ließ die Steuerbordjagdkanone auf die Briggs ausrichten. Diese dachten jedoch überhaupt nicht daran, sich dem Risiko eines feindlichen Beschusses auszusetzen, denn ihnen war nicht bekannt, dass ihnen lediglich diese eine Kanone gefährlich werden konnte, weil die

Karronaden der *Mermaid* eine viel zu geringe Reichweite hatten.

Die Briggs waren mit vierzehn beziehungsweise achtzehn Sechspfündern bewaffnet. In der etwas leichter bewaffneten Brigg erkannte Mr. Ellis die *Alerte*. Bei der Belagerung von Toulon war der in der französischen Marine als Korvette klassifizierte Zweimaster in die Hände der Briten gefallen. Beim hastigen Rückzug aus der Stadt hatte man auf ihr, wie auf vielen anderen Prisen, die man nicht mehr rechtzeitig aus dem Hafen schaffen konnte, Feuer gelegt, doch den Franzosen war es gelungen, das Schiff zu retten und wiederaufzubauen. Jetzt näherte sie sich, aus allen Rohren feuernd, der *Mermaid*, blieb aber außerhalb der Reichweite ihrer Kanonen. Die andere Brigg verzichtete auf eine Feuereröffnung und drehte in Richtung Fort Abukir ab, um sich schließlich tiefer in die Bucht zurückzuziehen. Die Kanonenkugeln der *Alerte* landeten ungefähr eine halbe Kabellänge vor der *Mermaid*.

Nachdem die *Alerte* die *Mermaid in* sicherer Entfernung passiert hatte, näherte sie sich der britischen Schlachtlinie. Dort drehte sie schließlich ab, nachdem sie eine Breitseite in Richtung der *Vanguard* abgefeuert hatte, die natürlich ebenfalls viel zu kurz lag. Auf dem Weg zurück passierte die *Alerte* das Heck der *Mermaid*, jedoch in viel zu großer Entfernung als dass sich Henry zu einer Gegenmaßnahme genötigt fühlte.

«Ich glaube, sie wollen uns in die Bucht locken», sagte Joseph Townsend zu Henry du Valle. Henry nickte und antwortete: «Diesen Gefallen werden wir ihnen nicht tun, und damit keiner unserer Kommandanten auf die Idee kommt, ankern wir genau hier.» Während die beiden Freunde miteinander sprachen, ging die *Alerte* im Schutz von Fort Abukir vor Anker.

Mittlerweile hatte *Goliath* die Führung des Geschwaders übernommen und rundete gefolgt von *Zealous* die Abukir-Insel. Merkwürdigerweise blieben sie dabei völlig unbehelligt von den Batterien auf der Insel. Jetzt zeigte sich, welches Vertrauen Captain Foley in die Genauigkeit seiner Karte hatte. Statt die Linie der französischen Kriegsschiffe direkt zu passieren, bog er weiter ein und schob sich schließlich zwischen die an der Spitze liegende *Guerrier* und die Riffe. Captain Foley ging dabei kein großes Risiko ein, denn er hatte erkannt, dass die französischen Schiffe nur vor ihren Bugankern lagen und somit bei wechselnden Winden um den Anker schwojen würden. Deshalb hielten sie mit Sicherheit einen ausreichenden Abstand zu den Riffen ein.

Plötzlich konnte man sehen, wie sich die *Goliath* in dichte Rauchschwaden hüllte und schließlich hörte man auf der *Mermaid* das Donnern der ersten Breitseite, gefolgt von einem lauten Hurra ihrer Besatzung. Henry konnte durch sein Fernrohr sehen, dass Captain Foley offenbar neben der *Guerrier* ankern wollte, doch er schaffte es nicht rechtzeitig und die *Goliath* ankerte schließlich zwischen *Conquerant* und *Spartiate*. Dafür nahm sich nun die *Zealous* die *Guerrier* vor und entmastete sie innerhalb kürzester Zeit. *Audacious* und *Orion* folgten ebenfalls in die Enge zwischen den Riffen und der französischen Linie, während alle anderen Schiffe auf der Steuerbordseite der französischen Flotte blieben, so dass diese nun von den Briten in die Zange genommen wurden.

Während dieser Ereignisse setzte die Dämmerung ein und bald konnte man von der *Mermaid* aus nur noch die Blitze der Breitseiten erkennen. Die aus *Culloden*, *Swiftsure* und *Alexander* bestehende Nachhut war dagegen vor der untergehenden Sonne deutlich besser zu sehen. Sie hielten sich noch immer sehr dicht unter Land. Henry hoffte, dass sie möglichst bald nach Backbord abdrehen würden, um die Riffe zu vermeiden.

In diesem Moment durchzuckte Henry ein Gedanke. So wie er die kämpfenden Schiffe in der Bucht kaum mehr erkennen konnte, war die *Mermaid* vor der dunklen Küste ja vielleicht auch für die britische Nachhut schlecht zu sehen. Es wurde Zeit für die Nachtsignale.

«Mr. Ellis, lassen Sie die Nachtsignale und unsere Positionslichter setzen», befahl er. Der Master gab den Befehl an den Signalfähnrich weiter, dessen Signalgasten nun mit den entsprechenden Lampen den Besanmast aufenterten. Wenige Minuten später war der Befehl ausgeführt.

Die *Culloden* näherte sich weiterhin unter vollen Segeln und schien keinerlei Anstalten für einen Kurswechsel zu machen. Zumindest konnte man von der *Mermaid* aus nicht erkennen, dass sich die Besatzung der *Culloden* auf einen Kurswechsel vorbereitete. Henry du Valle sah das mit wachsender Unruhe. «Verdammt, Joseph, sie müssen doch endlich reagieren», sagte er zu seinem Freund. «Vielleicht sind unsere Signallichter einfach zu schwach, um in der Dämmerung erkannt zu werden», antwortete Joseph Townsend. Henry strich sich nervös über sein Kinn. Er müsste sich wieder einmal rasieren, stellte er fest. Dann hatte er endlich einen Entschluss gefasst.

«Mr. Potter, bitte feuern Sie eine Karronade nach Back-bord ab», befahl er. Das musste doch die Männer auf der *Culloden* aufmerksam machen. Da alle Geschütze geladen waren, wurde der Befehl umgehend ausgeführt. Mit einem hellen Blitz und dem für die Karronaden typischen, fast heiser wirkenden, Bellen wurde die achterne Karronade abgefeuert. Doch die erhoffte Reaktion blieb aus. Die Culloden behielt ihren Kurs unbeirrbar bei.

Jetzt beorderte Henry du Valle mehrere Seesoldaten auf das Achterdeck. Sie erhielten Fackeln, mit denen sie am Heck der *Mermaid* versuchten, die Aufmerksamkeit der *Culloden* zu erwecken. Dort reagierte man noch immer nicht.

Kurz vor Kap Abukir enterten die Toppgasten der *Culloden* plötzlich auf. Henry du Valle fiel ein Stein vom Herzen. Endlich reagierte man auf ihre Signale und bereitete einen Kurswechsel vor. Aber was war das? Statt nach Backbord abzudrehen, versuchte die *Culloden*, in die Bucht einzulaufen. Henry du Valle raufte sich verzweifelt die Haare. Was war nur in Thomas Troubridge gefahren?

In diesem Moment blieb die *Culloden* wie von Zauberhand gehalten stehen. Ihre Fockbrahmstenge kam von oben und krachte auf den Bugspriet. Das Schiff war auf die Riffe von Abukir aufgelaufen.

30

Schon als die *Mermaid* vor Anker gegangen war, hatte Henry du Valle die Beiboote aussetzen lassen. Eigentlich handelte es sich dabei um eine übliche Vorsichtsmaßnahme, die jeder Kommandant ergriff, wenn ein Gefecht bevorstand und noch genügend Zeit dafür war. Denn wenn die Beiboote an Bord blieben, konnten sie durch feindliches Feuer zerstört werden und herumfliegende Holzsplitter zu einer tödlichen Gefahr für die Besatzung werden.

So kam es, dass Henry du Valles Kommandantengig fast unmittelbar nach dem Auflaufen der *Culloden* von der *Mermaid* abstoßen konnte. Henry wollte Thomas Troubridge seine Hilfe anbieten und sich zugleich vor Ort ein Bild von den eingetretenen Schäden machen. Während der Überfahrt zur *Culloden* stellte er mit Besorgnis fest, dass die Dünung immer stärker wurde. Irgendwo draußen im Westen musste ein Sturm toben. Immerhin hatten *Swiftsure* und *Alexander* das Signal der Mermaid erkannt und schickten sich nun an, die Abukir-Insel zu runden, wie Henry gegen die untergehende Sonne erkennen konnte.

Thomas Troubridge empfing ihn an der Reeling. Für ein offizielles Zeremoniell war jetzt keine Zeit. Die Männer gingen zur geheiligten Luvseite des Achterdecks. Hier konnten sie ungestört miteinander reden. «Gut, dass Du gekommen bist», sagte Thomas Troubridge, «Wir können jetzt jede Hilfe gebrauchen.» «Hat es euch schlimm erwischt?», fragte Henry du Valle. «Das lässt sich erst dann genau sagen, wenn wir von dem Riff herunter sind», entgegnete Thomas Troubridge mit einem bitteren Unterton.

Dann wies er hinaus auf das offene Meer und meinte: «Schau Dir diese Wellen an, die machen mir zusätzliche Sorgen.» Henry du Valle nickte zustimmend. Nach einem kurzen Zögern rang er sich schließlich dazu durch, die entscheidende Frage zu stellen: «Habt ihr eigentlich unsere Signale nicht bemerkt?» Thomas Troubridge sah ihn kurz prüfend an. In den letzten Tagen hatte sich zwischen ihm und dem jungen Commander eine Freundschaft entwickelt. Dennoch waren sie nicht gleichrangig und vor Zeugen wäre diese Frage eine Insubordination gleichgekommen. Aber Henry du Valles offener Blick zeigte Thomas Troubridge, dass es seinem Freund nur um professionelles Interesse ging.

«Wir haben die Lichtsignale gesehen und gingen davon aus, dass ihr die Einfahrt zu einem Kanal markiert, denn kurz zuvor hat euch ja an dieser Stelle diese französische Brigg passiert. Ich hätte es besser wissen müssen, denn immerhin haben wir alle Captain Foleys Atlas mit der Karte von Abukir gesehen, aber in diesem Moment wollte ich nur so schnell wie möglich in die Schlacht eingreifen», sagte er. «Dann wollen wir alles dafür tun, die alte Lady wieder flott zu bekommen», antwortete Henry du Valle.

Beide wandten sich dem Zimmermann zu, der gerade an Deck geschnauft kam, um Meldung zu machen. «Wie sieht es aus, Chips[60]?», fragte Thomas Troubridge. «Sir, genaues kann ich erst sagen, wenn wir wieder flott sind, aber wir haben einen kräftigen Wassereinbruch. In der Bilge steht

---

[60] Allgemeiner Spitzname in der Royal Navy für Zimmerleute

168

das Wasser schon fünf Fuß hoch», meldete der Zimmermann. «Dann lassen Sie alle Pumpen besetzten», befahl Thomas Troubridge, «Wir können das zusätzliche Gewicht im Moment überhaupt nicht gebrauchen.»

Nachdem der Zimmermann wieder unter Deck verschwunden war, fragte Henry du Valle: «Vielleicht hilft es ja, wenn wir euch übers Heck vom Riff schleppen?» Thomas Troubridge nickte und sagte: «Das dürfte im Moment die beste Lösung sein. Ich lasse eine Schlepptrosse ausbringen, während Du die *Mermaid* in Stellung bringst.»

Henry du Valle kehrte schleunigst auf die *Mermaid* zurück und gab die nötigen Befehle. Die Anker wurden eingeholt, jedoch nur so weit, dass man sie jederzeit wieder fallen lassen konnte. Zugleich wurden die Riemen ausgebracht, um die *Mermaid* zur *Culloden* zu rudern. Segeln kam momentan nicht in Frage, denn der Wind drehte und wehte nun ablandig. Während sich die *Mermaid* der *Culloden* näherte, nahm die Kommandantengig direkten Kurs auf das Heck der *Culloden*. Durch ein Fenster der Offiziersmesse wurde eine Sorgleine ausgebracht und von Charlie Starr entgegengenommen.

Nach rund zwanzig Minuten hatte die *Mermaid* die richtige Position erreicht und wandte der *Culloden* ihr Heck zu. Eigentlich wäre es stockdunkel gewesen, denn der Mond verbarg sich hinter dichten Wolken, aber die in der Bucht immer heftiger tobende Schlacht mit den Feuerblitzen der donnernden Breitseiten erhellte die Szenerie so sehr, dass Henry du Valle auf seinem Achterdeck problemlos ein Buch hätte lesen können. Zugleich trieb der Wind beißenden Pulverdampf aus der Bucht herüber. Vielen der Männer an Deck tränten bereits die Augen, doch um die *Culloden* freischleppen zu können, war dieser Wind ideal.

Von der Gig wurde die Sorgleine übergeben und schließlich die schwere Schlepptrosse mit einer Ankerwinde eingeholt. Henry wandte sich Mr. Nutton zu, der momentan als Signalfähnrich agierte und befahl: «Mr. Nutton, melden Sie der *Culloden* unsere Bereitschaft, mit dem Schlepp zu beginnen.» «Aye Sir», bestätigte der Midshipman.

Während auf der *Mermaid* die Vorbereitungen liefen, war man auch auf der *Culloden* nicht untätig geblieben. Um den Bug ein wenig zu entlasten, wurden in den Kanonendecks die vorderen Kanonen, immerhin Zweiunddreißig- und Achtzehnpfünder nach Achtern verbracht.

Als schließlich auf der *Mermaid* eine grüne Signallaterne die Bereitschaft zum Abschleppen signalisierte, war das mit jeweils zwei Kanonen pro Geschützdeck erfolgt. «Mr. O'Brien, bestätigen Sie der *Mermaid*, dass wir ebenfalls bereit sind», befahl Captain Troubridge dem Signalfähnrich. Sicherlich wäre es besser gewesen, noch weitere Kanonen zu verschieben, doch ihm machte die zunehmende Dünung Sorgen.

Kurz darauf ließ Henry du Valle mit einer roten Laterne signalisieren, dass man nun die Segel setzen und mit dem Schlepp beginnen würde. Die Toppgasten waren bereits aufgeentert und erwarteten nun ihre Befehle. Sobald die *Culloden* bestätigt hatte, befahl Henry du Valle: «Mr. Townsend, lassen Sie Fock-, Groß- und Besansegel setzen.» Der Leutnant gab den Befehl sofort weiter, doch noch bevor der Wind die Segel füllen konnte, wurde die *Mermaid* von einer besonders hohen Welle erfasst.

Henry du Valle sah, wie sein Schiff in Richtung des Riffs versetzt wurde. Die Welle erfasste auch die *Culloden* und hob sie noch weiterauf das Riff. Dort reagierte man sofort und kappte die Schlepptrosse. Auch für Henry galt es nun, sein Schiff vor Schaden zu bewahren. «Mr. Miles, lassen Sie den Steuerbordbuganker fallen!», rief er dem Bootsmann zu, der sofort handelte. Der Anker fiel und fasste im felsigen Untergrund. Die nächste heranrollende Welle konnte die *Mermaid* nicht auf das Riff werfen, auf dem nun die *Culloden* richtig festsaß.

31

Thomas Troubridge stand auf dem Achterdeck seiner *Culloden* und starte hinüber in die Bucht von Abukir, wo die Schlacht mit unverminderter Härte tobte. Was hätte er dafür gegeben, jetzt dort zu sein, aber er lag hier auf einem Riff, gestrandet und vielleicht auch gescheitert.

Henry du Valle kam zu ihm an Bord, um sich den Schaden zu besehen und um zu beraten, was man tun konnte, um das Linienschiff wieder flott zu bekommen. Was beide unter Deck vorfanden, machte ihnen Hoffnung. Zwar strömte Wasser durch einige Lecks in den Rumpf der *Culloden*, doch strukturell schien das Schiff noch kein Wrack zu sein.

Als sie wieder an Deck kamen, meldete der Master: «Sir, zwei Schiffe nähern sich. Ich vermute es sind die *Leander* und die *Mutine*.» Der Fünfziger *Leander* und die Sloop waren zu klein, um in der Schlachtlinie kämpfen zu können, weshalb sie von Sir Horatio zur Unterstützung der *Culloden* abkommandiert worden waren.

Wenig später hatten die Schiffe das Riff erreicht. Captain Thompson von der *Leander* stellte im Lichtschein der Kanonade fest, dass die *Culloden* nicht mehr zu retten war und beschloss, lieber in die Schlacht einzugreifen. Während die *Leander* wieder abdrehte ließ sich Commander Hardy von der *Mutine* zur *Culloden* übersetzen. Thomas Troubridge und Henry du Valle begrüßten den Neuankömmling an der Reling. «Schön, dass Sie helfen kommen», sagte Thomas Troubridge. «Sir Horatio hielt es für eine gute Idee, dass wir die *Culloden* zu dritt vom Riff ziehen», antwortete Commander Hardy. Thomas Troubridge war sichtlich gerührt, dass der Admiral angesichts seiner ersten großen Seeschlacht immer noch Zeit fand, an seinen glücklosen Freund zu denken. Henry sah ihm an, dass er im Moment einfach keine Worte fand. Deshalb antwortete er an seiner Stelle: «Im Moment ist die Dünung einfach zu gefährlich, für einen weiteren Schleppversuch. Wir müssen warten, bis die See wieder ruhiger ist.» Captain Troubridge nickte zustimmend und sagte: «Dann sollten wir die Zeit nutzen und die *Culloden* so weit wie möglich leichtern.»

Die Arbeit wurde sofort in Angriff genommen. Während so viele Kanonen wie möglich in die Beiboote der drei Schiffe verladen wurden, ließ Thomas Troubridge die Wasservorräte bis auf einen kleinen Rest auspumpen und alle verzichtbaren Kanonenkugeln über Bord werfen.

Plötzlich wurde die Szenerie durch einen gewaltigen Lichtblitz, dem ein ebenso gewaltiger Donnerschlag folgte, erhellt. Ein Linienschiff war explodiert! Weitere Explosionen schlossen sich an. Dann wurde das Wasser in der Bucht durch einschlagende Trümmerteile aufgewühlt. Vereinzelte Trümmer erreichten sogar die drei Schiffe am Riff. Wie durch ein Wunder wurde hier niemand davon getroffen.

Die drei Kommandanten, die noch immer auf dem Achterdeck der *Culloden* standen, schauten sich betroffen an. «Was war das?», fragte Thomas Hardy. Thomas Troubridge und Henry du Valle schüttelten ihre Köpfe. «Ich habe keine Ahnung», sagte Henry und Thomas Troubridge ergänzte: «Solch eine Explosion habe ich noch nie erlebt.»

Ein Teil des explodierten Schiffs schwamm noch und brannte lichterloh. Henry du Valle peilte es an und sagte dann: «Es müsste das französische Flaggschiff gewesen sein.» «Gott sei den armen Seelen gnädig», meinte Thomas Troubridge. «Amen», antworteten alle auf dem Achterdeck. Für einen Moment schien auch der Schlachtenlärm zu verstummen. Ob Freund, ob Feind, solch eine Katastrophe erschütterte jeden Seemann.

Der Brand der *L'Orient* sorgte für zusätzliche Helligkeit und erleichterte so das Entladen der *Culloden*. Die Männer arbeiteten bis zur totalen Erschöpfung. *Mermaid* und *Mutine* hatten Arbeitstrupps auf die *Culloden* entsandt, um die Besatzung zu unterstützen. Nach endlos scheinenden Stunden, in denen die Schlacht mit unerbittlicher Härte andauerte, deutete sich schließlich der nahende Sonnenaufgang an. Nun war es an der Zeit, einen weiteren Schleppversuch zu unternehmen.

Die Schlepptrossen wurden ausgebracht. *Mermaid* und *Mutine* setzten ihre Segel, die sich langsam mit Wind füllten. Henry du Valle stand mit Joseph Townsend und dem Master auf dem Achterdeck. Im zunehmenden Tageslicht konnte man klar erkennen, dass die *Culloden* nicht mehr so tief lag wie beim Auflaufen. Es konnte also gelingen.

Die Schlepptrosse zwischen *Culloden* und *Mutine*, die etwas kürzer war, spannte sich zuerst. Dann ging ein Ruck durch die *Mermaid* und auch ihre Trosse spannte sich. Würden die Schlepptrossen halten? Ein knirschendes Geräusch war zu hören. Arbeitete die Trosse an der Winde oder waren es die einzelnen Seile, aus der die Schlepptrosse geschlagen war? Noch hielt sie der Belastung stand.

Henry du Valle schaute hinüber zur *Culloden*. Dann setzte er sein Fernrohr an. Seine Augen hatten ihn nicht getäuscht, da bewegte sich etwas. Von dem mächtigen Zweidecker drang Jubelrufe herüber. Tatsächlich! Die *Culloden* kam frei.

Nun galt es, die abgeladenen Kanonen, es waren zwölf der insgesamt vierundsiebzig Geschütze, schnellstmöglich wieder auf die *Culloden* zu verladen. Dafür wurden mehrere Winden gleichzeitig genutzt, so dass die Arbeit nach zwei Stunden erledigt war.

Es stellte sich heraus, dass die *Culloden* unter Pumpeneinsatz schwimmfähig war. Die Zimmerleute der drei Schiffe arbeiteten fieberhaft daran, möglichst viele Lecks abzudichten. Was sie jedoch nicht reparieren konnten, war das Ruder, das auf dem Riff schwer beschädigt worden war. Dafür brauchte es eine Werft. Die *Culloden* musste also im Schlepp bleiben, da sie sonst manövrierunfähig war.

Trotzdem wollte Thomas Troubridge jetzt dringend in die Schlacht eingreifen. Diese tobte noch immer, wenn auch mit deutlich geringerer Intensität. Der Schleppverband steuerte die Abukir-Insel an, um sie zu umrunden und in die Bucht einzulaufen. Es war nun klar erkennbar, dass der Sieg den Briten gehörte, obwohl auch viele der britischen Schiffe schwere Schäden erlitten hatten. Die *Bellerophon* trieb entmastet in der Bucht und die *Majestic* besaß nur noch ihren Fockmast.

Henry du Valle konnte durch sein Fernrohr erkennen, dass tief in der Bucht einige französische Schiffe Segel setzten. Das schien die Nachhut der französischen Flotte zu sein, bis zu der die Briten nicht vorgedrungen waren. Wollten die Franzosen etwa mit frischen Kräften angreifen, um das Blatt doch noch zu wenden? Der Wind war immerhin auf ihrer Seite. Derselbe Wind bereitete dem Schleppverband große Probleme und verhinderte ein direktes Einlaufen in die Bucht, so dass zunächst ein weiter Schlag gesegelt werden musste, um genügend Höhe zu gewinnen. Nur so war die britische Flotte für die drei Schiffe erreichbar.

Doch was tat die französische Nachhut? Sie segelte auf einem Kurs, der sie mit einem weiten Abstand an den Briten vorbeibringen würde. Hatten sie es etwa auf die *Culloden* und ihre Helfer abgesehen? Die Annäherung erfolgte schnell, denn der Wind hatte aufgefrischt. Thomas Troubridge signalisierte von der *Culloden*, dass die *Mermaid* die Schlepptrosse loswerfen und sich hinter dem Linienschiff einordnen sollte. Offensichtlich rechnete auch er mit einem Angriff und wollte seine eigene Artillerie durch die der Sloop verstärken.

Doch als die Franzosen fast auf Schussweite heran waren, fielen sie ab. Sie wollten nicht angreifen, sie befanden sich auf der Flucht. Derweil erstarben die letzten Gefechte in der Bucht und eine tiefe Ruhe breitete sich aus. Die Schlacht war vorbei.

32

Die folgenden Tage waren angefüllt mit Arbeit. Die erlittenen Schäden mussten so gut wie eben möglich repariert werden, die noch brauchbaren Prisen, fast alle entmastet, bekamen ein Notrigg für die Überführung nach Gibraltar und die zahllosen Gefangenen mussten versorgt werden.

Nach und nach ließ man sie an Land frei, mit der Maßgabe, bis zu einem förmlichen Gefangenenaustausch nicht mehr gegen Großbritannien zu kämpfen. Die Zukunft sollte zeigen, dass sich General Bonaparte über diese Großzügigkeit hinwegsetzte und die an Land gestrandeten Seeleute in seine Armee eingliederte.

Unter den britischen Schiffen hatte es die *Bellerophon* ganz besonders schwer erwischt. Sie hatte sich ein schweres Gefecht mit der *L'Orient* geliefert und war kaum noch mehr als ein schwimmendes Wrack. Um sie wieder zu einem kampffähigen Kriegsschiff machen zu können, nutzte man die zahllosen in der Bucht treibenden Trümmer der *L'Orient* und der anderen französischen Schiffe. Scherzhaft meinte die Besatzung der *Bellerophon*, dass ihnen für ihr Schiff eigentlich Prisengeld zuständе, so hoch war der Anteil an Wrackteilen, die man auf ihrem Schiff verbaut hatte.

Auch die Besatzung der *Mermaid* leistete einen wichtigen Beitrag zur Wiederherstellung der *Bellerophon*. Jeden Morgen setzte Mr. Stuart, der Zimmermann, mit einem großen Arbeitstrupp zu ihr über und kehrte erst nach Einbruch der Dunkelheit wieder zurück.

Zehn Tage nach der Schlacht trafen endlich zwei Fregatten und eine Sloop ein, so dass Sir Horatio nicht länger auf die

Unterstützung der *Mermaid* angewiesen war. Als Henry du Valle zu seinem förmlichen Abschiedsbesuch auf der *Vanguard* eintraf, wurde er von Captain Hardy an der Pforte empfangen. Sir Horatio hatte den jungen Commander zum Captain seines Flaggschiffs befördert, da Captain Berry mit der Siegesnachricht auf der *Leander* unterwegs nach England war.

In der Admiralskajüte leerte Henry du Valle mit Sir Horatio eine letzte Flasche Rotwein. Der Admiral sah noch immer sehr schlecht. Während der Schlacht war er von einem Eisensplitter verwundet worden und vorübergehend vollkommen blind gewesen. Jetzt konnte er wieder mit seinem gesunden Auge sehen, wenn auch durch einen dichten Schleier, aber die Ärzte waren zuversichtlich, dass sich auch das mit der Zeit geben würde. Für Sir Horatio war der Gedanke an eine völlige Erblindung eine schreckliche Vorstellung, denn dies wäre gleichbedeutend mit dem Ende seiner Karriere in der Royal Nay. Er teilte diese Gedanken mit Henry, dem klar wurde, wie sehr der Admiral von dieser ganz persönlichen Erfahrung geschockt war.

Zum Abschied stand Nelson auf und reichte Henry du Valle seine linke Hand. Dazu sagte Sir Horatio: «Haben Sie Dank für alles, mein lieber Captain du Valle. Es ist wirklich schade, dass Sie nicht unter meinem Befehl stehen, denn ich hätte Ihnen liebend gern die *Majestic* des armen Westcott gegeben. So bleibt mir nur dieser Brief an Sir Peter mit meinen besten Empfehlungen.»

Als Henry zurück auf der *Mermaid* war, wurde sofort der Anker gelichtet und die Sloop verließ unter dem Abfeuern der vorgeschriebenen Salutschüsse die Bucht von Abukir.

Die Polacca folgte ihr als treuer Schatten. Auf dem Achterdeck der *Vanguard* war die zierliche Gestalt Sir Horatios zu sehen, der grüßend seinen Zweispitz schwenkte.

Für einen Moment fühlte Henry den Abschiedsschmerz, denn er ließ gute Freunde, einen Bund von Brüdern zurück. In dieser Konstellation würde man nie wieder zusammenkommen, aber mit etwas Glück würde er dem einen oder anderen Kommandanten dieses einmaligen Geschwaders wieder begegnen und vielleicht sogar Sir Horatio Nelson.

Henry du Valle spürte Sir Horatios Brief in seiner Hand, und das riss ihn aus seinen melancholischen Gedanken. Dieser Brief bedeutete die Rückkehr nach England, zurück zu seiner geliebten Annika. Bald würde das Trauerjahr enden und sie könnten sich ganz offiziell verloben. Sein Herz schlug bei diesem Gedanken schneller.

Epilog

Die Kutsche kam ruckelnd und unter großem Geschrei zum Stehen. Die Tür wurde aufgerissen und Henry du Valle schreckte aus seinen Träumen auf. «Wir sind da, Sir», sagte der Kutschenbegleiter, der die Tür geöffnet hatte. Henry schaute sich um und sah, dass er ganz allein in der Kutsche saß. Der eitle Geck musste an einer früheren Station ausgestiegen sein, während er selbst geschlafen hatte. Und Henrys Zeitung hatte er einfach mitgenommen. Was waren das nur für Zeiten! Der Ärger über die gestohlene Zeitung sorgte dafür, dass Henry sofort hellwach war. Er streckte sich noch kurz, setzte seinen Hut auf und verließ die Kutsche.

Draußen warteten Charlie Starr und Jeeves, die hinten auf der Kutsche mitgefahren waren und sich nun um das Gepäck kümmerten. «Besorgt mir eine Droschke und bringt dann unser Gepäck ins Grapes», befahl Henry. Das Grapes war ein ruhiges und für Gentlemen angemessenes Gasthaus im Savoy-Bezirk. Henry wollte dort übernachten und möglichst schon am nächsten Morgen in Richtung Deal aufbrechen. Aber zuvor hatte er noch einen Befehl Sir Peter Parkers auszuführen.

Als die *Mermaid* nach nur einwöchiger Überfahrt Gibraltar erreichte, war Henry überrascht, die *Leander* nicht im Hafen vorzufinden, obwohl sie nur einen Tag Vorsprung hatte. Im Gibraltar hatte niemand von der Leander gehört und auch die Nachricht von Nelsons großem Sieg bei Abukir hatte die Kolonie noch nicht erreicht. Der Earl of St. Vincent gab Henry den Befehl, so schnell wie möglich nach England zu segeln. Da Sir Horatios Brief an Sir Peter

Parker adressiert war, lief die *Mermaid* Portsmouth an. Der Admiral verfasste ein Begleitschreiben für den Ersten Lord der Admiralität[61] und schickte Henry direkt weiter nach London, während seine *Mermaid* vorerst in Portsmouth blieb.

«Nach Withehall, zur Admiralität», befahl Henry du Valle dem Droschkenkutscher. Die einspännige Droschke setzte sich sofort in Bewegung. Der Kutscher steuerte das Gefährt geschickt durch den dichten Verkehr. Henry du Valle war noch nicht oft in London gewesen und immer wieder vom hektischen Treiben dieser Metropole beeindruckt. Doch heute hatte er kein Auge dafür. Immer wieder griff er in seinen Uniformrock, wo die Briefe von Sir Peter Parker und Sir Horatio steckten.

Die Droschke hielt vor dem Haupteingang der Admiralität. Henry bezahlte den Kutscher und nahm die drei Stufen hinauf zum Eingangsportal mit einem großen Schritt. Die beiden Marineinfanteristen am Eingang salutierten zackig, ein Diener öffnete die Eingangstür. Henry trat ein und wandte sich nach links, wo einige Stufen zur langen Flucht mit den Büros der Lords der Admiralität führten. Am Beginn des Korridors wartete ein Beamter, der an einem Schreibpult stand.

«Sie wünschen, Commander?», fragte er ein wenig herablassend. Die Warteräume der Admiralität wurden tagtäglich von Dutzenden Bittstellern dieses Ranges bevölkert,

---

[61] Der Erste Lord der Admiralität war ein Regierungsamt, so viel wie ein Marineminister und wurde nur in Ausnahmefällen von Seeleuten bekleidet.

die sich endlich ein Schiff erhofften. «Commander du Valle von deiner Majestät Sloop *Mermaid* mit Depeschen von Sir Peter Parker und Sir Horatio für Earl Spencer[62]», antwortete Henry. Der Beamte war sichtlich überrascht. Als er sich wieder etwas gefasst hatte sagte er: «Die Depeschen können Sie mir geben, Commander.» Henry du Valle holte die Schreiben hervor und sagte mit einem leichten Kopfschütteln: «Tut mir leid, aber wie Sie sehen können, trägt Sir Peter Parkers Schreiben den Vermerk persönlich zu übergeben.» «Dann nehmen Sie bitte im dritten Wartesaal Platz, Commander. Sie werden dann aufgerufen», entgegnete der Beamte.

Der dritte Wartesaal war überfüllt, so dass Henry stehen musste. Die hier wartenden Captains und Commanders warfen ihm abschätzende Blicke zu. Für sie war er ein Konkurrent mehr im Kampf um ein eigenes Kommando. Aber er war als letzter gekommen und würde heute mit Sicherheit nicht mehr vorgelassen werden, denn es wurde ja bereits Abend.

«Captain du Valle, seine Lordschaft hat jetzt Zeit für Sie», verkündete ein Diener in Livree. Unter den zornigen Blicken der Wartenden folgte Henry dem Diener zum Büro des Ersten Lords der Admiralität. «Captain du Valle von seiner Majestät Sloop *Mermaid*», meldete der Diener ihn laut an.

Earl Spencer empfing Henry an seinem riesigen Schreibtisch sitzend. Während er noch einige Dokumente unterschrieb, zeigte er mit der freien Hand auf einen der Stühle

---

[62] George John Spencer 2. Earl Spencer

vor dem Schreibtisch. Henry nahm mit einer angedeuteten Verbeugung Platz. Obwohl der Earl bereits vierzig Jahre alt war, wirkte er doch noch immer energiegeladen. Ähnlich wie Sir Horatio trug er keine Perücke. Damit ihn seine bereits ergrauten Haare nicht beim Schreiben störten, hatte er sie zu einem Zopf zusammengebunden.

Als er endlich fertig war, schaute er auf und sagte: «Nun, Captain du Valle, Sie haben also Nachrichten aus dem Mittelmeer.» «Jawohl, Mylord, Sir Horatio hat die französische Flotte in der Bucht von Abukir, unweit von Alexandria, vernichtend geschlagen», meldete Henry. «Vernichtend geschlagen», wiederholte Earl Spencer. «Ja, Mylord, nur zwei Linienschiffe und zwei Fregatten konnten sich retten. Neun Linienschiffe konnten als Prisen genommen werden, zwei Linienschiffe, darunter das französische Flaggschiff, wurden versenkt. Außerdem konnten noch zwei Fregatten versenkt werden.» Earl Spencer sprang auf. Er klingelte nach einem Diener und rief erfreut: «Das ist ja ein grandioser Sieg!»

Er ließ den eintretenden Diener eine Flasche Rheinwein kommen und setzte sich wieder auf seinen Stuhl. Sofort war er wieder ganz der Politiker. «Bitte geben Sie mir die Schreiben von Sir Peter Parker und Sir Horatio.» Henry erhob sich von seinem Stuhl und reichte die beiden Briefe über den Schreibtisch.

Der Erste Lord der Admiralität öffnete zunächst das Schreiben von Sir Peter Parker. Nachdem er es überflogen hatte sagte er zu Henry: «Sie hatten also ein unabhängiges Kommando und gehörten nicht zum Geschwader von Sir Horatio. Das ist schade, denn so kommen Sie leider um die sonst für die Überbringer von Siegesnachrichten übliche Beförderung, aber grämen Sie sich nicht zu sehr, denn wie Sir Peter Parker schreibt, sind Sie ein sehr unternehmender junger Offizier, der sicherlich sehr bald eine neue Chance zur Beförderung erhalten wird.» Henry verbeugte sich leicht und antwortete: «Danke, Mylord.»

Der Diener trat ein und servierte den Wein. Als er den Raum wieder verlassen hatte, tranken die beiden Männer auf Sir Horatio und seinen Sieg. Henry bemerkte, dass der Earl unruhig wurde. Bestimmt wollte er die Nachricht mit seinen Kollegen in der Admiralität teilen. So war er nicht überrascht, als Earl Spencer fast unvermittelt sagte: «Das wäre dann alles, Captain du Valle, ich entlasse Sie in Ihren wohlverdienten Heimaturlaub. Wie Sir Peter Parker schreibt, sind Sie nicht nur zur See erfolgreich. Dafür wünsche ich Ihnen alles Gute.» «Herzlichen Dank, Mylord», sagte Henry. Er erhob sich, salutierte und verließ das Büro.

Am nächsten Morgen mietete sich Henry eine Kutsche für die Fahrt nach Knights Manor. Mit etwas Glück würde er am nächsten Tag sein Anwesen erreichen. Während die Kutsche die Themse über die London Bridge überquerte, erklangen plötzlich alle Glocken der Stadt. Die Nachricht vom überwältigenden Sieg bei Abukir war nun auch der Öffentlichkeit verkündet worden. Für Henry du Valle klangen sie wie Hochzeitsglocken.

Ende

Nachwort

Aus der Sicht seiner Biografen ging Horatio Nelsons Stern in der Schlacht bei Kap St. Vincent auf. Damals hatte sein gewagtes Manöver, mit dem er die spanische Schlachtlinie trennte für den Sieg der Briten gegen eine spanische Übermacht gesorgt und Admiral John Jervis durfte sich danach Earl St. Vincent nennen. Horatio Nelson wurde zwar der Bath Orden verliehen, doch im ersten Bericht an die Admiralität tauchen er und seine entscheidende Aktion überhaupt nicht auf. Auch seine Beförderung zum Konteradmiral der blauen Flagge, die nach der Schlacht verkündet wurde, stand nicht mit der erfolgreichen Schlacht im Zusammenhang, denn Beförderungen ab dem Rang eines Captains erfolgten streng nach Seniorität und setzte demnach das Ausscheiden eines anderen Admirals voraus.

Tatsächlich wurde Horatio Nelson erst mit dem Sieg in der Seeschlacht bei Abukir zum Superstar und Liebling der Massen, denn hier erkämpfte er durch Schnelligkeit, Entschlossenheit und vor allem moderne Menschenführung einen grandiosen Sieg, der die französische Marine im Mittelmeer bis zum Frieden von Amiens 1801 fast völlig ausschaltete. Man kann aber davon ausgehen, dass seine kühne Aktion bei Kap St. Vincent in Marinekreisen sehr wohl Tagesgespräch war.

Natürlich gehört diese Seeschlacht zu den berühmtesten der Weltgeschichte und fast jedes Detail dazu ist bekannt. Das macht es für einen Schriftsteller nicht leicht, wenn er seinen fiktiven Helden daran teilnehmen lassen möchte. Mein Kunstgriff war, Henry du Valle und seine *Mermaid* zu inoffiziellen Teilnehmern der Schlacht zu machen. Eigentlich hat er eine Mission in den nordafrikanischen Barbareskenstaaten zu erfüllen und soll nur nebenbei Augen und Ohren für Sir Horatio Nelson offenhalten, um dessen schwierige Mission im Mittelmeer zu unterstützen. Kein Wunder, dass die *Mermaid* in keinem offiziellen Bericht erscheint.

Wie immer war ich bemüht, möglichst viele historisch verbürgte Personen in die Handlung einzubinden. Dazu zählen alle Offiziere an Bord britischer Kriegsschiffe (mit Ausnahme der auf der *Mermaid* sowie eines nicht ganz unbekannten Leutnants), der Gouverneur von Gibraltar, der Dey von Algier und der britische Generalkonsul in Algier.

Auch der schwunghafte Getreidehandel Algiers mit Frankreich ist verbürgt. Selbst als das Osmanische Reich Frankreich wegen der Invasion in Ägypten den Krieg erklärte und sich Algier dieser Kriegserklärung widerwillig anschließen musste, ging der Handel weiter.

Das Schicksal der *Leander*, die mit Nelsons Siegesnachricht in die Heimat gesandt wurde, dürfte vielen meiner Leser bekannt sein, obwohl hier nicht weiter darauf eingegangen wurde. Allen anderen sei verraten, dass sie ausgerechnet den, bei Abukir entkommenen, französischen Schiffen in die Hände fiel und erst später von der russischen Marine zurückerobert wurde.

Abschließend möchte ich mich bei allen Lesern für die überraschend freundliche Aufnahme der mit diesem Band endenden Trilogie bedanken. Zeitweilig empfand ich mein Versprechen, drei Romane über meinen Helden Henry du

Valle zu schreiben, als sehr anspruchsvoll, wenn nicht sogar ein wenig voreilig. Inzwischen ist er mir wie ein guter Freund, den man ungern gehen lässt, ans Herz gewachsen.

Jetzt ist es vollbracht. Das verdanke ich nicht zuletzt der unermüdlichen Beratung und Unterstützung durch Ulli Hainsch.

Mirco Graetz